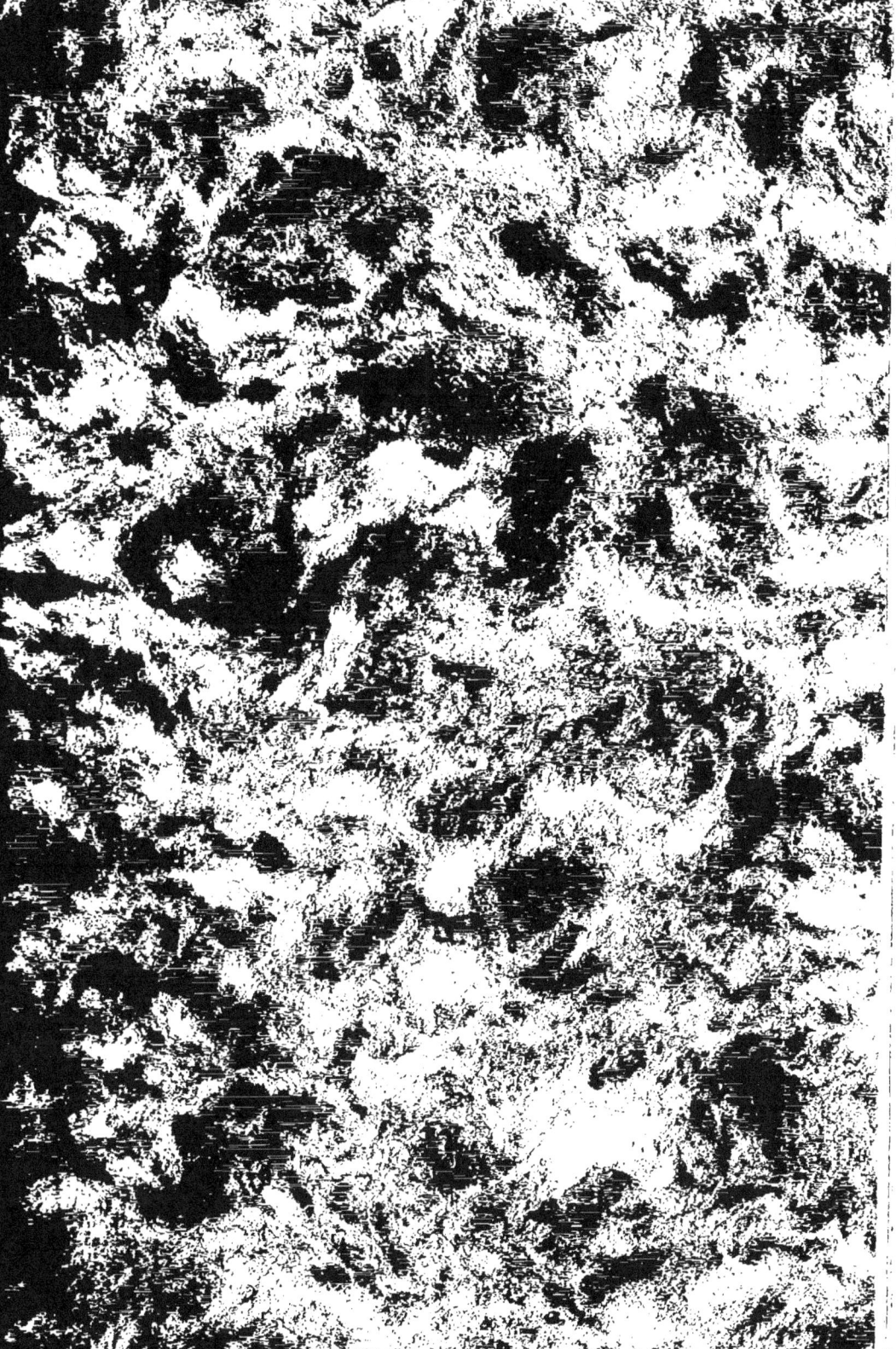

DES

SÉPULTURES.

DES SÉPULTURES.

PAR AMAURY DUVAL.

Ouvrage couronné par l'INSTITUT NATIONAL.

Parva petunt manes ; pietas pro divite grata est
Munere : non avidos Styx habet ima Deos.

OVID. lib. 2. Fastor.

A PARIS,

CHEZ LA Vᵉ PANCKOUCKE, IMPRIMEUR-LIBRAIRE,
rue de Grenelle, Faubourg Germain, Nᵒ 321.

AN IX.

JE dirai comment il me vint dans l'idée d'écrire les Dialogues suivans.

Je visitais, depuis quelques jours, avec un savant Italien que j'avais connu à Rome, les grands établissemens publics que Paris s'enorgueillit de posséder. — Nous nous trouvions un matin dans cette bibliothèque qui porta long-tems le nom du Cardinal son fondateur, et qui a pris aujourd'hui celui de l'École centrale à laquelle elle appartient : un jeune homme fixa notre attention. Entouré d'*in-folios*, il rêvait profondément : puis écrivait quelques phrases ; puis feuilletait ses énormes volumes.

Je desirais vivement d'apprendre quel était l'objet de son travail. Il ne me fut pas difficile de lier conversation avec lui, et bientôt nous sûmes qu'il avait le louable projet de répondre à la question *sur les Sépultures*, proposée par l'Institut national de France au nom du Gouvernement. L'étranger qui m'accompagnait, avait des connaissances assez étendues dans la science des antiquités : de mon côté j'avais réfléchi quelquefois sur les moyens de rétablir l'usage des *funérailles*, et, si l'on peut s'exprimer ainsi, le *culte des tombeaux*; de le rétablir sans que les préjugés et la superstition eussent à s'en féliciter. Nous nous trouvâmes l'un et l'autre disposés à donner au jeune homme, qui déjà nous inspirait de l'intérêt, quelques idées que nous jugions devoir lui être utiles dans son travail. A peu près seuls dans la bibliothèque, nous y discutâmes ensemble, pendant une heure au moins, l'importante question.

Cette conversation fut suivie de plusieurs autres, et le nombre des interlocuteurs augmentait quelquefois. Nous nous rassemblions tantôt à la campagne, tantôt dans les jardins ou les édifices publics.

Ce sont ces conférences familières que j'ai ensuite rédigées, en les réduisant à trois DIALOGUES.

Peut-être on me reprochera d'avoir écrit sur un si grave sujet dans

un style si simple et si peu *aca-*
démique ; mais je m'excuserai par
l'exemple de Platon , ce fondateur
de l'*Académie*, qui dans ses *Dialogues*
fait dire à Socrate les choses les
plus importantes, en termes qui paraissent si ordinaires.

RITES FUNÈBRES

DES ANCIENS.

DIALOGUE PREMIER.

ADRASTE. — ENNIO. — EUMÈNES.

ADRASTE. — Je me suis souvent demandé d'où provenait ce sentiment de crainte ou plutôt de respect, qu'inspire la vue d'un mort ou même d'un tombeau. N'est-ce point un des effets de ces idées religieuses dont on nous berce dans notre enfance ?

EUMÈNES. — Je le croirais. Les animaux du moins n'éprouvent rien de semblable. J'ai toujours observé qu'ils regardaient avec assez d'indifférence leur semblable étendu près

1

d'eux, sans mouvement et sans vie. Serions-nous donc les seuls êtres vivans qui, grâces à un sentiment presque indéfinissable que l'on nommera, si l'on veut, *sympathie*, ou peut-être par un retour sur nous-mêmes, c'est-à-dire par intérêt personnel, prenions une part quelconque au sort des êtres de notre espèce ?

ENNIO. — Ces questions sont du grand nombre de celles sur lesquelles on disserterait des siècles entiers sans jamais les résoudre. Mais on peut encore dire ici, comme en bien d'autres occasions : *Qu'importe ?* — Que le respect pour les morts soit naturel ou qu'il soit l'effet d'un préjugé, c'est ce qu'il faut bien moins examiner que la question : S'il est utile à la société de conserver, d'entretenir ce sentiment ? Or il faut bien qu'il y ait à cela une grande utilité ; car chez les peuples les plus sages, les plus éclairés, comme chez les plus stupides et les plus barbares, vous trouverez l'usage des *funérailles* et le respect des *tombeaux*. Jeune homme, dites ; tous vos antiquaires ne s'accordent-ils pas sur ce point ?

EUMÈNES. — Il est vrai. Je lisais Mont-faucon : il décrit toutes les cérémonies funèbres,

plus ou moins raisonnables ou bizarres, qui
tour à tour, depuis les Égyptiens jusqu'à
nous, ont été en usage chez les différens peuples. C'est vraiment un sujet d'intéressantes
méditations que l'histoire de tous ces usages.
Mais Montfaucon laisse faire à ses lecteurs
toutes les réflexions ; il ne s'en permet lui-
même que bien rarement. Quand il a dit
comment les Égyptiens embaumaient les corps,
les enveloppaient de bandelettes, dont quelques-unes étaient couvertes d'hiéroglyphes,
comment ces corps ainsi embaumés étaient
transportés au-delà d'un lac, dans une plaine
où s'élevaient des Pyramides, etc., etc., il croit
avoir rempli sa tâche. C'est à son lecteur de
rechercher, s'il lui plaît, l'origine de ces usages,
de découvrir l'époque où ils se sont perdus,
d'expliquer toute la bizarrerie de certaines
institutions....

ADRASTE. — Il me semble que nous ne les
trouvons bizarres que faute d'en connaître la
cause. Dans la première période de la civili-
sation, les institutions funèbres sont toujours
simples et raisonnables; mais ensuite le nombre en augmente : bientôt on oublie, même

en continuant de les exécuter, le motif de plusieurs de ces cérémonies. Rien d'étonnant: l'opinion à laquelle elles devaient leur origine, a souvent cessé d'être l'opinion du peuple.

Voyez comme chez les Hébreux, au tems des Patriarches, les personnages les plus puissans sont enterrés sans faste et sans pompe. Abraham meurt : » Isaac et Ismaël ses enfans » le portèrent en la caverne de Machpela, dans » le champ d'Ephrom, fils de Séor Héthéen, » située vis-à-vis de Mambré ;

» Dans le champ qu'il avait acheté des enfans » de Heth : c'est là qu'il fut enterré aussi-bien » que Sara sa femme. » *Gen. ch. 2 5. v. 9 et 10.*

Ce n'est point à ces époques reculées qu'on embaume ou qu'on brûle les morts ; ce n'est point alors qu'on leur élève de magnifiques mausolées.

ENNIO. — Il est sûr que par une marche assez naturelle à l'esprit humain, le luxe qui s'introduit peu à peu dans une Nation, s'étend jusques sur les tombeaux. — D'abord le *Tumulus* ne fut qu'un petit monceau de terre qui s'élevait sur la fosse ; c'est ce qu'indique ce nom même: bientôt on soutint cette terre par une légère maçonnerie ; et c'est ce qu'on appela *claudere humum* (1). Ces humbles tombes devinrent ensuite des monumens qui envahirent et surchargèrent la terre destinée aux besoins des vivans.

Du tems de *Cornelius Lucius Scipio ,* qui fut consul l'an 299 avant J. C. , il paraît qu'on se contentait encore à Rome de renfermer les corps dans de simples auges de pierre. Tel est du moins le tombeau de Scipion , construit de pierre *pépérine ,* très-commune à Rome (2). Il n'a d'autres ornemens que des moulures d'ordre dorique (3). Quelle différence de ce monument sans faste , au gigantesque édifice qui fut bâti dans la suite, à si grands frais, pour renfermer les cendres d'Auguste !

Les cérémonies observées, tant à l'égard des mourans et des morts, que dans les funérailles, suivirent cette même progression. Les plus proches parens furent d'abord les seuls qui se

_____

(1) *Chaupy ,* Recherches de la Maison d'Horace.

(2) Le *Peperino* est une pierre grise ou couleur de cendre, qui paraît être une production volcanique. C'est de cette pierre et de celle appelée *Travertin (Lapis Tiburtinus)* que sont construites la plupart des maisons de Rome.

(3) Voyage en Italie, de *Lalande,* tom. 4 , chap. 1.

tinrent autour du lit du mourant ; ils l'em-
brassaient, recevaient ses dernières paroles,
et s'efforçaient même de recueillir dans leur
bouche son dernier soupir (4). C'était porter
la tendresse bien loin ; mais c'était de la tendresse ! Ils prenaient encore le soin de fermer
les yeux du mort dès qu'il était expiré. Souvent
une mère rendait à son fils ce dernier et triste
office. La mère d'Euryale se plaint, dans
l'Enéide, d'avoir été privée d'une si doulou-
reuse consolation :

> . . . . *Nec te tua funera mater*
> *Preduxi,* PRESSI VE OCULOS.

A peine le mort avait les yeux fermés, qu'on
le lavait dans l'eau chaude et qu'on le parfumait.
On le couronnait aussi quelquefois de fleurs
et de guirlandes.

Dans la suite, les fonctions de laver, de
parfumer les morts devinrent un métier, une
profession ; les funérailles ne furent plus que
des *spectacles*, où l'on appelait au son de la
trompe, tous ceux *quibus erat commodum*

---

(4) *M. T. Cicero in Verr.* 45.

ire (5). On loua des pleureuses, des joueurs de flûtes ; on porta les bustes, les statues même des ancêtres du mort, dans la procession qui précédait le corps, etc., etc.

EUMÈNES. — Ces usages étaient-ils également observés chez les Grecs et chez les Romains ? C'était la question que je cherchais à résoudre ce matin même.

ENNIO. — J'ai remarqué peu de différence dans les cérémonies funèbres adoptées par les deux peuples : et il n'y a, en cela, rien d'étonnant, puisque les Romains avaient emprunté des Grecs leur religion et leurs lois.

La plupart des cérémonies que j'ai d'abord décrites, la nature les indique pour ainsi dire ; elles ont traversé les siècles, et vous les retrouverez presque toutes chez les peuples modernes. Mais, à mon avis, les anciens s'éloignèrent de cette louable simplicité, lorsqu'ils adoptè-

---

(5) Formule de l'ancienne proclamation que faisait un hérault pour appeler le peuple au spectacle des funérailles :

Exsequias chremeti, quibus est commodum ire,
Hem tempus est.

Terentii Phormio, *Actus V, Scena 8.*

rent la coutume d'*embaumer* les corps ou de les *brûler*.

Il paraît que les Égyptiens furent les premiers qui embaumèrent les corps : et sans doute quelque systême religieux amena cet usage. On sait combien ils excellèrent dans l'art d'embaumer : nous en avons encore aujourd'hui, dans leurs momies, la preuve sous les yeux. Chez les autres peuples, les riches purent seuls avoir recours à ce procédé très-dispendieux.

L'usage de brûler les corps fut plus universellement suivi. Il serait assez difficile d'en trouver l'origine : je me rangerais volontiers de l'avis de ceux qui pensent que ce fut dans les camps que s'élevèrent les premiers bûchers. En effet comment aurait-on pu se résoudre à voir dévorer par les flammes le corps de ses amis, de ses compagnons d'armes, si l'on ne se fût trouvé dans l'affreuse nécessité de se débarrasser promptement d'un trop grand nombre de cadavres ?.... Brûler un corps ! Je ne sais rien qui répugne davantage à tous les sentimens doux et humains. Oui, c'est surement à l'un des deux plus cruels fléaux de l'humanité que cet usage doit son origine, à la guerre ou à la peste.

ADRASTE. — Je trouve en effet plus raisonnables les coutumes des anciens Gaulois. Ils enterraient le corps sous de grandes pierres, après avoir jeté dans la fosse ce que le mort avait eu de plus cher : le guerrier, par exemple, était enterré avec sa lance, son épée, et souvent avec le mors et les éperons de son cheval. Aussi lorsqu'on ouvre un tombeau de Gaulois, on y trouve presque toujours ses armes (6).

ENNIO. — Cet usage n'était pas particulier aux Gaulois. Les Orientaux l'ont observé jusqu'à nos jours, et l'on en trouve très-anciennement des traces chez les Grecs et les Romains. Virgile dit :

At pius Æneas ingenti mole sepulcrum
Imponit suaque arma viro, remumque tubamque.
ÆNEID. VI. 232.

Il est vrai que par ces vers on peut entendre

---

(6) Voy. Sainte-Foix, *Essais historiques;* art. *Mœurs et usages sous la première race.* Il décrit ce qu'on trouva dans le tombeau de *Childeric.* Près de la tête du squelette il y en avait une autre d'un jeune homme. Sainte-Foix présume, avec raison, que *c'était celle de l'Ecuyer qu'on avait tué, suivant la coutume, pour accompagner et aller servir là-bas son maître.*

que l'on ne fit que représenter, que sculpter sur le tombeau la *rame* et la *trompette*. Mais mille exemples prouvent que même lorsqu'on brûlait les cadavres , on jetait avec eux sur le bûcher leurs vêtemens et leurs autres effets les plus précieux. C'est ce qu'on voit dans Homère, Odyssée, ω. 67 ; et dans Virgile, liv. 11. Observez aussi qu'une loi de Solon défend d'enterrer avec le mort *plus de trois robes*. (Voy. Samuel Petit, *Leg. Att.*)

EUMÈNES. — Pourriez-vous déterminer le tems où l'on commença d'inscrire des épitaphes sur les tombeaux ?

ENNIO. —On trouve des traces de cet usage dans l'antiquité la plus reculée : en effet , les figures hiéroglyphiques qui couvrent les monumens funèbres des Égyptiens, et même les bandelettes de leurs Momies, ne sont probablement que des épitaphes. Les tombeaux des Grecs et des Romains offrent presque tous, le nom du mort, celui de son père et de son pays. On n'inscrivit pas d'abord les emplois publics qu'il avait exercés, ses belles actions, etc. ; mais la vanité apprit bientôt aux hommes à couvrir une pierre d'inscriptions fastueuses et souvent mensongères. Il faut convenir pourtant qu'à Rome, excepté au tems des derniers Empereurs, on ne prodigua pas les louanges avec cette profusion, cette impudeur qu'on remarqua depuis dans les inscriptions *féodales* des XIV, XV et XVIe siècles. Chez les anciens, on cherchait moins à tromper la postérité, parce que les vertus personnelles avaient l'avantage sur l'illustration héréditaire.

Les anciens employaient quelquefois une forme d'épitaphes que je préférerais à toutes les autres. Après avoir écrit simplement sur le tombeau les noms et prénoms du mort, ils y faisaient sculpter quelques emblêmes qui apprenaient quels avaient été les goûts du mort, ou les arts dans lesquéls il excellait. C'est ainsi que sur le tombeau d'Archimède, que découvrit Cicéron en se promenant dans l'une des vallées de la Sicile, on voyait gravée la figure d'une sphère et d'un cylindre. *Ego autem cùm omnia collustrarem oculis_.......... animadverti columellam non multum è dumis eminentem : in quâ inerat spheræ figura, et cylindri.* (Tuscul. V. 23.)

Cette *petite colonne* posée sur les restes d'Archimède, me rappelle qu'en effet, par une loi antique de Solon, loi qui fut sans doute adoptée dans plusieurs autres pays qu'Athènes, il était défendu d'élever sur la terre qui recouvrait les morts, une colonne haute de plus de trois coudées : *Super terræ tumulum, ne quid statuito nisi columellam tribus cubitis ne altiorem, aut mensuram, aut labellum.* (M. Tullius, *de Legib. lib. 11. extremo.*)

On trouve, chez les anciens, beaucoup de lois pour empêcher le luxe des funérailles et des tombeaux ; ce qui semblerait prouver qu'en cette partie de l'administration, après avoir donné l'impulsion, il vaut mieux retenir qu'exciter. Quand Solon ordonna de transporter les morts dans leurs tombeaux *avant que le jour parût,* son motif, s'il faut en croire Cicéron, fut d'empêcher la magnificence des funérailles. La nuit tout luxe devenait inutile.

EUMÈNES. — Les recherches que je voulais faire sur les tombeaux et les funérailles des anciens, vous venez de me les épargner. Mais peut-on indiquer, comme bonnes à imiter, quelques-unes de leurs coutumes et institutions funéraires? Il est sans doute superflu d'observer qu'avant de les proposer on y ferait les modifications nécessaires pour les adapter à nos mœurs.

ADRASTE. — Il me semble que pour répondre d'une manière satisfaisante à cette question, il faudrait commencer une discussion bien plus importante que celle qui vient de nous occuper. Il ne s'agissait que de rassembler quelques faits épars dans les ouvrages des anciens, ou dans les écrits bien plus nombreux de leurs commentateurs : à présent il faut, pour ainsi dire, former un code d'institutions funèbres qui ne soient en contradiction ni avec nos lois, ni même avec l'opinion dominante. Prenons un jour pour y réfléchir.

ENNIO. — J'y consens. Mais où nous réunirons-nous ?

ADRASTE. — Je possède dans une vallée près de Paris, une maisonnette entourée d'un bois solitaire. Je vous invite à y venir dès demain. Elle est sur la route de l'un de ces champs destinés à la sépulture du peuple de

cette immense cité. Souvent je vois passer
dans le chemin qui borde mon petit parc,
les corps de ceux qui vont rejoindre leurs
pères.... Ce spectacle ajoute à la mélancolie
du lieu. Oh ! c'est bien là qu'il faut parler de
la mort. — A demain.

NOUVELLES INSTITUTIONS

FUNÉRAIRES.

DIALOGUE II.

ADRASTE. - ENNIO. - EUMÈNES. - EUPHRASIE.

ADRASTE. — LE soleil se cache derrière le *Mont-Calvaire* ; et notre jeune Eumènes n'est point encore arrivé.

ENNIO. — Je crois l'apercevoir côtoyant la Seine. Une jeune femme, vêtue d'habits de deuil, s'appuie sur son bras. Allons à sa rencontre. . . .

ADRASTE. — Il nous a vus, et double le pas.

EUMÈNES. — Je vous présente ma sœur ; elle a voulu m'accompagner. — Son ame est bien triste ! Elle a perdu, il y a près d'une année, tout ce qui l'attachait à la vie ; son époux et un fils unique qui déjà commençait à bégayer le nom de sa mère.... Depuis ce tems, elle aime à nourrir sa douleur de pensées mélancoliques.

ADRASTE. — Allons nous asseoir sous ces deux cyprès. Ils couvrent les cendres de mon frère. Avant moi il occupait cette maison. Il fixa lui-même la place où il voulait que son corps fût déposé. J'ai exécuté sa volonté dernière....

EUPHRASIE. — Heureux qui peut venir pleurer sur le tombeau de l'être qu'il aima!.... Hélas ! pour moi je suis privée de ce douloureux plaisir. Mon époux a été déposé dans le lieu de la sépulture commune. On l'arracha de mes bras ; on m'empêcha de suivre son corps... Quelques jours après, je voulus visiter le lieu où il avait été enséveli : je me fis conduire là, par ce chemin.... On me montre une fosse énorme, des cadavres amoncelés.... j'en frémis encore. Il me fallut renoncer à découvrir où reposait sa cendre. L'homme vertueux, le Savant, le brave Guerrier, sont jetés dans une même fosse avec le malfaiteur ou le lâche ennemi de son pays. — Un mois après, mon fils mourut. Ah ! du moins celui-ci je le possède encore, quoiqu'il ne me rende plus mes baisers et ne réponde plus à ma voix. Grâces aux découvertes de la moderne chymie, on a su conserver à mon fils ses traits, et presque la couleur de son teint.... Mais quel est ce bruit qui se fait entendre au-dessous du lieu où nous sommes assis? Ce sont, je crois, les accens de la colère et de l'injure.

ADRASTE. — Je vous annonce un spectacle qui vous inspirera une juste horreur. Ces hommes qui portent au cimetière commun les morts de la ville, s'enivrent souvent sur la route, se disputent, ou, ce qui révolte encore plus, chantent gaiement, sans que l'officier public qui les accompagne, puisse leur imposer silence.....

ENNIO. — Quoi ! l'on permet cette indécence ! Que respecteront ceux qui ne respectent pas les morts ?

ADRASTE. — Soyons justes ; les funérailles ne se font pas toujours avec si peu de pompe. Quelquefois toute une famille accompagne le mort jusqu'à sa dernière demeure, avec recueillement et tristesse. J'ai vu la première de nos sociétés savantes, suivre en silence, des branches de cyprès à la main, les restes d'un Borda, d'un Baudin, de quelques autres encore. Avant que les corps fussent descendus dans la tombe, un des membres de cette société rappelait dans une oraison funèbre, les vertus et les talens de son confrère, de son ami..... Mais, comme ces hommes estimables étaient douloureusement affectés de *l'état révoltant des lieux où les Citoyens étaient déposés !*.... (1) Ce furent leurs réclamations qui attirèrent l'attention du Gouvernement sur les *sépultures publiques*, et qui l'ont sans doute déterminé à faire proposer la question qui nous occupe.

ENNIO. — Eh bien ! mettons quelque ordre dans notre discussion. Adraste, ne nous aviez-vous pas promis un projet d'institutions funéraires ?

ADRASTE. — Oui ; et je tiendrai parole. — Mais Eumènes n'a-t-il rien à nous dire ?

_____

(1) Rapport du citoyen Camus, de l'Institut National, sur les sépultures.

EUMÈNES. — Je l'avouerai à ma honte ; je me suis vu arrêté dans mes recherches, dès les premiers pas. J'avais bien trouvé des modèles d'institutions funéraires chez les anciens : mais presque toutes avaient pour base des opinions religieuses ; et l'on veut, avec raison, des institutions qui ne rappellent aucune religion, des cérémonies dans lesquelles *il ne doit être introduit aucune forme qui appartienne à un culte quelconque* (2). Il m'a été impossible alors de résoudre le problême.

ADRASTE. — Je crois avoir été plus heureux. Je me suis dit : Que peut vouloir le gouvernement en proposant la question sur les sépultures ?

Que les *mourans* ne soient pas délaissés ; qu'ils soient secourus, soignés, servis avec bienveillance et piété ;

Que les *morts* ne soient pas rejetés sans honneur, hors de la société dont ils ont fait partie ;

Que leur vie ou leur mort puissent servir d'exemple ou de leçon.

---

(2) Programme publié par l'Institut national.

D'après cela, j'ai recherché d'abord quelles seraient les institutions propres à attacher l'homme sain près du lit du mourant, et à faire rendre ensuite au cadavre les derniers devoirs.

Puisqu'elles ne peuvent plus, ces institutions, être fondées sur des opinions religieuses, il faut leur donner pour base, l'intérêt personnel.

Vous serez étonnés que je fonde sur ce sentiment la plupart de mes institutions : mais en vérité, c'est l'appui le plus solide, peut-être le seul. Au reste, ce n'est pas pour l'ami vrai, pour le fils respectueux, pour la tendre épouse, qu'il est nécessaire de créer des institutions qui tiennent lieu de lois. Si le monde était peuplé d'ames aimantes et sensibles, on n'aurait pas besoin d'ordonner le respect pour les morts. Les mourans seraient secourus, les funérailles solennelles, les tombes parées de fleurs et arrosées de larmes.

Il est encore un sentiment qu'il faut réveiller dans le cœur des hommes, si l'on veut que les morts soient honorés et par de dignes funérailles et par des tombeaux. Ce sentiment est celui de la reconnaissance.

Que la *reconnaissance*, cette vertu qui n'est autre chose que la *justice*, reprenne son rang parmi les premières vertus, et bientôt les cérémonies funèbres ne seront plus de vaines formalités. Flétrissons les *ingrats*, et les restes de l'homme bienfaisant ne seront plus transportés sans cortége dans leur dernier asyle.

ENNIO.—Mon ami, ces principes me paraissent incontestables. Mais il me semble que l'on demande autre chose que des maximes nécessairement vagues ou trop générales. On veut des *projets de lois*, et même des *réglemens* (3).

ADRASTE. — Je le sais ; et je viens à l'application de mes principes.

Mais d'abord je dois vous développer quelques dispositions préliminaires qu'il faudrait adopter, et sans lesquelles mon *Code funèbre* serait à peu près inexécutable.

Autrefois les prêtres exerçaient une espèce de magistrature sur la naissance, le mariage et la mort. On a cru les remplacer par des officiers municipaux : je doute qu'on ait réussi.

—————

(3) *Voyez* le Programme.

Ceux-ci, surchargés de beaucoup d'autres affaires, ne donnent à ces *détails de police* qu'une partie de leur attention et de leur tems. Et il n'y a pourtant de bien gouvernés que les États où chaque administrateur ou juge n'a qu'un nombre d'attributions assez circonscrit pour qu'il puisse porter sur toutes, l'intérêt et la surveillance qu'elles réclament.

ENNIO. — Vous dites vrai. Les anciens, les Athéniens surtout, avaient reconnu ce principe. Voilà sans doute pourquoi on comptait chez eux tant de magistrats de toute espèce. Vous trouverez dans *Gronovius*, la longue nomenclature des seuls magistrats de police. Chacun n'avait pour ainsi dire qu'une seule attribution. Celui-ci surveillait les rues, un autre les édifices particuliers, un autre les monumens publics, un autre les fontaines ; celui-ci devait empêcher que les femmes n'étalassent trop de luxe, celui-là que les festins ne fussent trop splendides, et que les convives n'excédassent le nombre fixé par la loi, etc., etc. (4). Mais à présent que les

---

(4) V. *Urbonis Emmii, descriptio Reipublicæ Atheniensis; l.* 61.—*2. In Gronovio, tom. IV.*

magistrats n'ont souvent d'autre ressource
pour vivre, que les émolumens de leur place,
et que dès-lors cette place doit être assez
lucrative, l'Etat ne pourrait supporter les
frais d'administration, si on multipliait à ce
point les magistratures.

ADRASTE. — J'en conviens. Mais si leur
nombre est reconnu insuffisant, il faudra bien
en créer d'autres. Croyez-moi, les cartons
des tribunaux et des administrations, regor-
geant d'affaires qui pour la plupart méritaient
une décision, et n'en obtiendront jamais ;
plusieurs parties de la police, tant générale
que locale, presque entièrement abandonnées,
prouvent le besoin de quelques nouvelles
magistratures ou *administrations* (mots qui
se trouvent quelquefois à peu près syno-
nymes ; car l'administrateur *juge*, comme le
magistrat). Je demande un *préposé aux sépultures*, ou *magistrat des funérailles.* Si on
met au nombre de ses attributions les *naissances*, alors on lui donnera un autre nom
qui désignera les deux espèces de fonctions
qui lui seront confiées. Je voudrais qu'il fût
choisi dans la classe des hommes riches, qu'il

eût atteint l'âge de la vieillesse, que toute sa vie fût exempte de reproches. C'est, comme nous allons voir, un véritable sacerdoce qu'il aurait à remplir.

Je ne lui donnerais à surveiller qu'un arrondissement peu étendu : A Paris, une municipalité ; dans les départemens, une commune ou une section de commune de cinq à six mille ames au plus (5).

Son premier devoir serait de veiller sur les *mourans*. Si nous réclamons le respect pour des cendres insensibles, nous réclamerons bien plus fortement des soins et des égards pour l'homme qu'anime encore le souffle de la vie, et dont on peut rendre les derniers soupirs moins douloureux. Combien ne voit-on pas de malheureux pères de famille, abandonnés en ce terrible moment, à la pitié de quelques valets, par des fils ingrats ! — Ah ! cherchons une institution qui rassure ceux qui n'ont que des parens inhumains, ou qui n'ont point de parens, contre la crainte d'être délaissés de tous les hommes, à l'heure où l'on a le plus besoin de secours et de consolations.

_____

(5) Voyez les *notes*, à la fin du volume.

Une loi accorderait à celui qui n'aurait point quitté un citoyen dans sa dernière maladie, qui aurait reçu son dernier soupir, le meuble qui lui était le plus cher, sa montre, par exemple, ou son anneau ; et, si c'était un artiste, un de ses tableaux, une de ses statues ; si c'était un artisan, l'outil qu'il employait le plus souvent dans ses travaux, l'outil ou l'instrument qu'il avait inventé, dans le cas où il aurait fait des découvertes dans son art. Ce présent ne serait pourtant décerné que par le *magistrat des funérailles*, et sur l'attestation donnée par deux parens *non-héritiers*, ou par les voisins du mort, que cette récompense est méritée.

Outre ce présent, le magistrat aurait encore le droit de lui adjuger une portion dans le mobilier (laquelle ne pourrait excéder pourtant le vingtième de sa valeur) ; et s'il était prouvé que le mort eût manqué, dans sa dernière maladie, des remèdes, des objets les plus indispensables, quoiqu'il eût des parens riches, le magistrat pourrait frapper d'une *amende*, dont la quotité serait déterminée par une loi, la famille opulente et barbare.

Cette amende serait au profit de celui qui aurait été jugé digne de recevoir le *présent de mort.*

A ces dons, il faudrait joindre des récompenses *morales* ou plutôt honorifiques ; et pour de certaines ames, elles seraient plus précieuses que les dons.

Aux funérailles, celui qui aurait bien mérité du mort par son humanité et ses soins, aurait une place distinguée dans le cortége : il marcherait toujours, par exemple, le plus près du mort.

Il n'est pas nécessaire de dire que les femmes auraient droit à ces récompenses dues au moins éclatant, mais peut-être au plus grand des bienfaits. Sans doute même elles les obtiendraient bien plus souvent que les hommes. J'en ai pour garans cette piété, cette habituelle *charité*, doux besoin de leurs ames.

Ce serait aux yeux du public, et avec quelque solennité, que le magistrat donnerait, à titre de récompense, l'anneau, le bijou, l'outil le plus cher au mort. — Mais j'aurai encore occasion de revenir sur cette institution nouvelle.

EUMÈNES. — Voilà bien la récompense des soins, fixée avec justice : mais vous ne punissez point l'ingratitude.

ADRASTE. — Ne sera-ce point une assez grande peine pour le fils ingrat, le frère insensible, de voir qu'un étranger a obtenu le prix qu'il aurait dû mériter ; que cet étranger marche avant lui dans la pompe funèbre ; qu'il le proclame pour ainsi dire *ingrat* aux yeux de ses compatriotes. Mais retournons encore près du lit du mourant.

— Il vient d'expirer.

Que ce soit un devoir pour ceux qui ont été témoins de ses derniers momens, d'annoncer la nouvelle de son trépas à ses parens les plus proches et à ses amis. Sans doute plusieurs d'entre eux viendront le visiter dans son lit de mort, et lui dire un éternel adieu.

On lavera son corps, afin que la vue n'en soit ni dégoûtante, ni pénible ; on le parfumera, on brûlera dans la chambre ou le genièvre, ou l'aloès, ou le suc de l'olivier.

Des plantes fortement odorantes, l'absynthe, la sauge, la rhue, le thym, la lavande seraient jetés sur son lit. Des

branches de cyprès , d'if , de cèdre et de
pin , attachées aux lambris de la chambre ,
entretiendraient la fraîcheur de l'air.

Ce ne sont point ici de vaines décorations
que je demande ; je songe à la salubrité : je
veux que l'air ne soit pas infecté des vapeurs
quelquefois malfaisantes qui s'exhalent d'un
cadavre.

C'est également pour l'intérêt de ceux qui
viendront visiter le mort , que je voudrais
que l'on plaçât à la porte de la maison un
grand vase plein d'eau, dans lequel ils pourraient , en sortant , se laver les mains et la
figure, et enlever ainsi les miasmes qui auraient
pu s'y attacher.

Au-dessus du vase , sur la porte exté-
rieure , un drapeau noir indiquerait aux passans que dans cette maison un citoyen a cessé
de vivre.

EUPHRASIE. — Ne pourrait-on indiquer par
quelque emblême , l'âge du mort , son sexe ,
le rang même qu'il tenait dans la société ? Une
rose blanche attachée sur le drapeau désignerait
la jeune fille ; un lys blanc , le jeune homme ; un
laurier , le guerrier , etc. , etc. Nous négligeons

trop ce langage emblématique qui agit si rapidement par les yeux, sur l'imagination.

ADRASTE. — J'adopte cette idée. Un des
articles de mon réglement remplirait votre vœu.

Les corps resteraient ainsi exposés dans
leur maison, pendant vingt-quatre heures,
aux regards de la famille ou des amis. C'est
alors que l'on pourrait essayer tous les
moyens indiqués par les médecins, pour
s'assurer que la mort est réelle. On connaît
les dangers des inhumations précipitées. Au
reste, les anciennes ordonnances ont établi,
à ce sujet, les plus sages dispositions. Il ne
faut que les faire exécuter.

Après l'exposition du mort pendant un
jour, dans son appartement, avec la solennité que nous venons de décrire, le corps
serait transporté dans le lieu consacré à l'*exposition publique*.

Dans les grandes communes, un chariot
couvert d'une étoffe noire, et de branches
de cyprès, viendrait, à la chûte du jour,
chercher le mort pour le transporter dans le
temple de l'arrondissement communal. Dans
les communes peu étendues, on le trans-

porterait sur un brancard. Les parens du
mort pourraient se charger de ce triste soin.

Cette première translation s'exécuterait
sans de grandes cérémonies. Celui qui a reçu
les derniers soupirs du mort (on pourrait
lui donner le nom de *Pieux-consolateur* des
mourans) et quelques serviteurs accompa-
gneraient seuls la bierre.

Les *funérailles* ne doivent commencer que
dans le temple. Pourquoi réunir dans une
maison devenue l'asyle de la douleur, une
foule d'étrangers qui n'ont pas les mêmes
motifs de verser des larmes, et dont l'air
d'indifférence contraste avec la tristesse d'une
famille qui d'ailleurs est importunée par les
soins qu'il faut se donner pour recevoir ces
prétendus amis !

C'est dans le temple que resteraient déposés
les registres mortuaires de l'arrondissement;
il contiendrait aussi ceux des *naissances*.

Les déclarations des naissances seraient re-
çues dans une autre partie du temple, mais
toujours dans le même temple. Il me paraît
philosophique et utile de rapprocher ainsi
le premier acte et le dernier de la vie. Si
d'un côté on s'afflige de ce que la société

est privée de l'un de ses membres, de l'autre on reçoit quelque consolation de ce que la place qu'il laissait vide, est à l'instant même remplie. En réfléchissant sur cette succession rapide et jamais interrompue des générations humaines, on reconnaît une providence bienfaisante et conservatrice.

Dans le temple, les morts seraient placés dans une enceinte fermée d'une grille, et où se tiendraient les seuls préposés aux sépultures (ceux qui porteraient le corps dans le tombeau). Ils auraient un costume conforme à leur triste emploi.

Les corps resteraient, toute la nuit, exposés dans cette enceinte, le visage découvert, à moins que l'aspect n'en fût trop hideux. Il serait permis toute la nuit de venir visiter le citoyen qu'a perdu la patrie : toute la nuit, l'amitié, la reconnaissance pourraient lui rendre un dernier hommage.

Les lits de repos placés dans l'enceinte, seraient absolument uniformes ; les voiles qui couvriraient les corps, de la même étoffe. Là , comme à l'instant de la naissance , on doit retrouver l'image de l'égalité naturelle.

Le matin, dès le lever du soleil, les personnes invitées aux funérailles, se réuniraient dans le temple. .

Le magistrat y viendrait recevoir et inscrire sur le registre, les déclarations nécessaires pour constater la mort.

Je desirerais qu'aux déclarations qui sont en usage, on ajoutât des renseignemens dont la médecine pourrait profiter. Par exemple, après avoir inscrit l'âge du malade, on relaterait sur une des colonnes du registre, son tempérament habituel, la maladie dont il est mort, l'inutilité ou le succès de tels ou tels remèdes. S'il avait eu un médecin, cette déclaration serait envoyée par le médecin même au magistrat.

Après l'inscription de l'acte mortuaire, un fils, un parent, un ami pourrait demander au magistrat la permission de rappeler les vertus du mort. C'est ainsi que l'on rétablirait l'usage des *oraisons funèbres*. Mais le tems accordé à l'orateur serait limité: l'orateur serait invité à n'offrir que des *faits*.

Ensuite, le magistrat ouvrirait le testament du mort, s'il en avait fait un, et le lirait à haute voix. — Ce n'est qu'en ce moment que le testament pourrait être

uvert. Une copie resterait dans les archives
lu temple.

Après ces actes qui lui seraient exclusi-
ement attribués, et donneraient à sa place
ine bien grande importance, le magistrat
lécernerait le *présent de mort*, et, comme
e l'ai dit, sur l'avis de *deux* des parens
nou-héritiers, ou des voisins.

Le cortége se met en marche. Les parens éloignés sont les premiers du cortége ;
l'épouse ou le fils suivent immédiatement le
cercueil, devant lequel marche le *Pieux-*
consolateur, le présent de mort à la main,
et précédé d'un drapeau noir.

Lorsqu'un enfant, un jeune homme ou
une jeune fille meurt, il faudrait que le
magistrat eût le droit de forcer les enfans
ou les jeunes gens des deux sexes de la
même famille, d'être présens aux funérailles,
et d'accompagner le cercueil. Là ils puiseraient
d'utiles leçons. Combien n'est-il pas à desirer
que ceux qui commencent la vie réfléchissent
souvent sur sa fragilité ! C'est alors qu'ils sont
moins tentés d'abuser d'un bien si précaire.

Il serait permis aux familles riches de
mettre quelque pompe dans les funérailles.

Par exemple, la marche du cortége pourrait se faire aux sons tristes d'une musique funèbre ; on y pourrait porter la statue ou seulement le buste du mort, etc., etc. Mais dans le temple, comme je l'ai dit, les cérémonies seraient les mêmes pour tous.

ENNIO. — Ce qui me plaît dans votre plan, c'est qu'il peut s'exécuter sans frais ; et à Paris, comme dans le département le plus éloigné, le moins opulent, et même dans les campagnes. — Exposition du corps dans la maison où l'on ne recevrait que la famille et les amis : translation du corps dans le temple où l'exposition devient publique : actes importans et nécessaires faits avec intérêt, quoiqu'avec simplicité : l'usage des éloges funèbres rétabli avec des modifications : ouverture du testament et distribution du don funèbre..... Je ne vois rien dans tout cela, qui ne puisse facilement s'exécuter partout. Vous avez même eu l'attention d'éviter la perte du tems pour ceux qui seraient invités aux cérémonies. La première *translation* se fait le soir ; les *funérailles* se font au lever même du soleil: on peut assister à toutes ces cérémonies, sans abandonner ses occupations journalières. C'est le meilleur moyen de rendre le cortége nombreux.

EUMÈNES. — Il me semble voir au commencement du jour , et lorsque les rues sont encore désertes , un cortége funèbre défiler avec ordre , s'avancer vers les portes de la ville.... Mais où seront les *tombeaux ?*

ADRASTE. — C'est-là uniquement, à ce qu'il me semble , ce qui nous reste à examiner... Mais la nuit devient froide et humide. La lune se lève au milieu des vapeurs. . . . . Rentrons dans la maison ; et terminons pour aujourd'hui cette mélancolique conversation.

EUPHRASIE. — Ah ! la tristesse qu'elle m'a inspirée, a bien aussi ses charmes.

LES TOMBEAUX.

DIALOGUE III.

ADRASTE. — EUMÈNES. — ENNIO.

ADRASTE.—Nous voilà, cher Ennio, dans ce Musée célèbre où l'on a recueilli et méthodiquement placé tous les monumens de l'art chez les Français ; dans ce Musée où l'on peut lire sur le marbre et l'airain, l'histoire des opinions et des goûts en France, et étudier la variété des costumes et presque celle des physionomies à diverses époques. — Ce *Musée des monumens français* est bien loin d'être complet, et pourtant on citerait à peine un seul musée qui fût plus intéressant et plus instructif.

ENNIO. — Quelle énorme collection de tombeaux et d'épitaphes ! Je ne vois point sans admiration, cette longue file de statues, tous ces rois de marbre à genoux ou couchés sur leurs sépulcres, tous ces portraits de ministres, de savans. . . .

ADRASTE. — Notre jeune ami nous attend près du tombeau d'Abailard : c'est-là que notre réunion a été fixée ; hâtons-nous de nous y rendre. — Je le vois d'ici qui se fait expliquer par le conservateur, une épitaphe demi-effacée.

EUMÈNES. — Salut au savant ; salut au moraliste. . . . Venez partager mon étonnement. Vous voyez sur cette épitaphe les mots de *vir justus*, *probus*, etc. Croiriez-vous qu'il s'agit d'un ministre français qui fit répandre des flots de sang, et s'enrichit des dépouilles du peuple qu'il opprima ? . . .

ADRASTE. — Ah ! dans notre plan d'institutions funéraires, il faudra empêcher (du moins autant qu'il est possible) que les épitaphes soient aussi trompeuses.

EUMÈNES. — Eh bien ! en nous promenant sous ces sombres voûtes, continuez de développer votre grand projet.

ENNIO. — Nous voilà comme les *Péripa-
téticiens*, discutant gravement pendant nos
promenades. . . . Adraste était hier Platon
dans son académie ; c'est aujourd'hui Aris-
tote sous le portique.

ADRASTE. — Vous voyez par tout ce qui
nous entoure, surtout par ces longues épitaphes, combien les hommes ont toujours
été avides d'attirer sur eux l'attention publique, même après leur mort. Ce sentiment
est louable et utile, ne cherchons point à
l'éteindre : toute émulation cesserait avec lui ;
même celle de la vertu. Mais est-il raisonnable
qu'un mort occupe encore un espace dans le
monde, qu'il ravisse au moins six pieds de
terre aux vivans ? Non sans doute. D'après
cela, on pourrait facilement accorder la permission de placer une épitaphe, rarement
celle de construire un tombeau. Et cependant
il ne serait pas impossible de donner cette
petite jouissance à la vanité : il ne faudrait
que trouver les moyens d'empêcher l'abus. —
Mais déterminons d'abord où nous placerons
les *sépultures communes*. Nous reprendrons
ensuite la question que nous n'abandonnons
que pour un moment.

ENNIO. — Sans doute , à l'exemple des anciens , vous placerez les tombeaux hors des villes.

ADRASTE. — Oh ! depuis long-tems on ne songe nulle part à enterrer les morts dans l'intérieur des villes. Ce n'est pas moi qui renouvellerai ce barbare usage.

Les seuls hommes qui auraient rendu des services éminens à la patrie, pourraient avoir un tombeau dans l'enceinte des villes. Il n'est pas de mon sujet de rechercher après quels examens , quelles formalités on pourrait accorder cette insigne faveur : il me suffira de dire que je voudrais , qu'à l'exemple des anciens , on ne la décernât qu'avec la plus grande réserve.

EUMÈNES. — Ce serait donc le long des chemins que vous feriez enterrer tous les autres morts ?

ADRASTE.—Oui, et non.—Je m'explique.

Les anciens avaient sur la mort des idées bien différentes de celles qu'ont adoptées la plupart des peuples modernes. Il me semble que la mort ne leur paraissait qu'un changement de forme , de modification , ou que s'ils croyaient à Pluton et au Tartare, ni le Dieu, ni le gouffre ne leur inspiraient autant de crainte qu'aux Chrétiens , par exemple , le Diable et les feux éternels. Ils se familiarisaient même à tel point avec l'idée de la mort , que dans leurs festins ils se faisaient apporter un squelette. Cette vue, qui chez nous ferait disparaître la gaîté , la ranimait chez eux : c'était un avis de jouir promptement d'une vie dont tout leur rappelait le terme prochain.

ENNIO. — Il est sûr qu'ils bâtissaient leurs maisons de délices au milieu des tombeaux qui bordaient la grande route : c'est ainsi qu'est placée la *villa* que l'on a découverte près de Pompéia. On ne parvient à la porte de cette maison , dont toutes les ruines attestent le luxe et le bon goût , que par une rue de tombeaux.

ADRASTE. — Eh bien ! aujourd'hui , quoi-que l'on prétende que la philosophie a détruit bien des préjugés et de fausses terreurs , si vous consacriez aux sépultures , les avenues d'une ville , vous les rendriez désertes : de jolies maisons , des hôtelleries , des *guinguettes* n'embelliraient plus les environs de nos cités. Tant il est vrai que la vue des tombeaux est pour nous un objet de dégoût et d'effroi!

Jusqu'à ce que les opinions du peuple soient devenues plus saines, plus philosophiques (s'il est possible qu'elles le deviennent), je choisirais un champ voisin de la ville, pour servir de cimetière public. Son étendue serait proportionnée à la population. Si elle était peu nombreuse, un seul cimetière suffirait : il en faudrait un ou deux autres situés à l'opposite, si la ville était très-peuplée.

Ces champs de mort seraient simplement entourés de fossés, et d'une haie d'arbres tristes et toujours verds, tels que le cyprès, le houx, le buis, les tuyas et autres. Il serait permis à l'amitié ou à la tendresse filiale d'en planter sur telle ou telle tombe, de telle ou telle autre espèce, d'en avoir soin, et même de les renouveler lorsqu'ils viendraient à périr.

On creuserait les fosses sur deux lignes parallèles, qui ne seraient séparées que par un chemin de quelques pieds. Chacune serait désignée par une pierre qui porterait un numéro (1).

On ne mettrait jamais plus d'un corps dans chaque fosse, du moins dans les cime-tières des communes peu étendues, ou près desquelles le terrein n'est pas très-précieux.

La chaux ne s'emploierait pour consumer les corps, que dans les cimetières des grandes villes, où le trop grand nombre de morts exige que l'on accélère la dissolution des corps, afin de pouvoir livrer plus promp-tement leurs places à d'autres.

Dans les communes de troisième et qua-trième classe, et dans les villages, on ne recommencerait à ouvrir les plus anciennes fosses du cimetière, que lorsqu'il aurait été prouvé que les corps y sont entièrement dissous. Alors, il serait permis à chaque famille de venir revendiquer et de transporter ailleurs la terre où s'est dissous le corps d'un de ses membres (2). Un léger impôt destiné à

---

(1) Voyez les *notes* à la fin du volume. J'y explique comment ce paragraphe n'est qu'en apparence contradic-toire avec ce qui précède : *qu'un mort ne doit pas ravir six pieds de terre aux vivans.*

(2) J'avoue que peu de personnes concevront commen

'entretien et à la garde du cimetière, serait
out ce qu'on pourrait exiger.

On trouvera ce plan bien simple, et en effet,
l n'a rien d'éblouissant. Je n'élève point de
pyramides, de portiques ; je ne veux point de
bûchers, point d'urnes funéraires, etc. J'ai
parcouru tous ces beaux projets d'*Elysées* que
naguères on a publiés, et j'ai cru que leurs
auteurs n'avaient eu d'autre but que d'intéresser quelques instans leurs lecteurs par de
fantastiques tableaux, par le spectacle d'une
suite de décorations théâtrales. J'aurais pu
proposer, comme tant d'autres, d'imiter les
fastueux monumens de Thèbes, de Memphis
et de Rome. Mais j'ai pensé que le gouvernement n'avait pas demandé des rêves, qu'il
voulait des projets que l'on pût exécuter.

Dans les miens, rien de dispendieux. Un
très-léger droit acquitté par les familles des
morts, servirait à payer les porteurs ou les
conducteurs des corps. Les gardiens des
cimetières trouveraient leur payement dans

---

on peut attacher un prix à cette terre. Mais les cendres
sont-elles autre chose?.. Au reste je renverrai encore le
lecteur aux *notes*.

les produits des cimetières même qui, comme
je l'ai dit, seraient plantés d'arbres de différentes espèces, et dans lequel il ne serait
permis d'entrer qu'en certains tems de l'année, sur la fin de l'automne, par exemple,
époque de la révolution annuelle, qui semble
devoir être consacrée au souvenir et au
culte des morts. Mais sur la demande d'un
fils, d'un parent, d'un ami qui voudrait
venir quelquefois verser des larmes sur un
tombeau chéri, il serait permis au gardien
d'ouvrir le cimetière : alors un très-léger
droit fixé par la loi, serait sa récompense.

Je n'ai pas besoin de dire, qu'après l'exposition publique dans le temple, chaque famille aura le droit de disposer de celui qu'elle
a perdu. Elle pourra le faire transporter dans
les terres qu'il possédait, et lui élever même
les plus fastueux monumens (3).

Mais devra-t-on permettre d'élever aussi
des tombeaux dans le lieu commun de sé-

_____

(3) Il n'y a point encore ici de contradiction avec ce
que j'ai dit, (page 43) que *rarement il faudrait accorder la
permission de construire un tombeau.* — Je m'explique dans
les *notes.*

ulture ? Je ne le crois pas. Personne ne
loit pouvoir usurper la place qui appartient
 tous.

Si les riches obtenaient la faveur d'élever
les monumens dans le lieu de la sépulture
commune, il faudrait du moins que l'étendue
qu'ils pourraient donner à ces monumens ,
ût bien strictement déterminée par une loi ;
l faudrait surtout que lors de la réouver-
ure périodique des fosses, leurs monumens
ne fussent pas épargnés ; que rien ne pût
es dispenser d'acheter la terre du tombeau ,
s'ils y attachaient encore du prix , et de la
transporter ailleurs.

Les pauvres auraient, à plus forte raison,
le droit de dresser sur un tombeau chéri, une
pierre de quelques centimètres de largeur ,
(car il faudrait que la loi fixât la mesure de
cette pierre) même d'y graver un nom. Ils
pourraient de plus, comme je l'ai dit, y planter
un arbre , un arbuste et des fleurs. Ou je me
trompe , ou ces tombes attacheraient au sol
les pauvres qui les auraient ainsi décorées.
C'est presque une propriété qu'un pareil tombeau ; et ils n'en avaient aucune !

ENNIO. — Mais il est des sectes religieuses qui veulent avoir des sépultures particulières. Les prêtres catholiques, par exemple, bénissent la terre où doivent être inhumés ceux qui suivent leur culte, et ils ne souffriraient pas qu'un juif, que même un luthérien ou un calviniste fût déposé dans cette terre qu'ils prétendent avoir sanctifiée. De plus, ils exigeront qu'on leur permette d'accompagner les corps, de chanter des hymnes sur les tombes, d'y élever les signes emblêmatiques de la religion chrétienne, d'aller, à certains jours, faire des prières sur les sépultures, etc., etc. Comment tout cela s'accordera-t-il avec votre réglement ?

ADRASTE. — Si le gouvernement tient aux lois qui protégent *également* tous les cultes, qui ne reconnaissent aucune religion dominante, qui n'accordent à aucune des priviléges, et conséquemment ne permettent point aux prêtres de faire leurs cérémonies hors l'enceinte de leurs temples, l'exécution de mon plan n'éprouve aucune difficulté. Les hommes de toutes les sectes seront placés l'un près de l'autre dans cet asyle de paix, où il semblerait que des *opinions* ne doivent plus mettre de différence entre eux, où toute dispute doit cesser.... Mais si ces lois étaient rapportées, si l'on reconnaissait une *religion de l'Etat* (ce qui ne paraît pas être dans l'intention du Gouvernement), ou si on permettait seulement aux prêtres de toutes les religions de célébrer même au dehors des temples, leurs rites, leurs cérémonies , alors il faudrait bien désigner un lieu particulier du cimetière pour la secte intolérante qui ne voudrait pas se mêler aux autres. Le reste du cimetière serait pour les morts dont les parens n'auraient point demandé la sépulture dans *le lieu réservé.*—Quand des opinions, même bizarres, ne peuvent avoir des résultats bien fâcheux, on ne voit pas pourquoi l'administration prendrait l'inutile plaisir de contrarier ceux qui les ont adoptées.

EUMÈNES. — Votre projet qui me paraît si simple, si économique, pourrait-il s'exécuter à Paris, aussi facilement que dans les autres communes ?

ADRASTE. — Oui, quant aux principales dispositions. Mais il faudrait en modifier quelques-unes, et en ajouter plusieurs.

D'après des calculs qui paraissent exacts,
il meurt à Paris, à peu près vingt mille
individus, année commune ; c'est-à-dire, à
peu près cinquante-quatre par jour, ou une
personne sur seize mille (4), en supposant
huit cent soixante-quatre mille habitans dans
cette commune.

Il faut trouver des lieux assez vastes pour
déposer ces 20,000 corps. On sent qu'ici il
sera difficile de n'en pas entasser plusieurs
dans la même fosse. C'est pourtant ce que
je voudrais éviter. Vous n'établirez jamais le
culte des morts , là où le fils ignorera la
tombe où repose son père.

En supposant qu'un vingtième des citoyens qui meurent annuellement à Paris,
se fissent enterrer dans leurs propriétés, le
nombre des morts à placer dans les lieux de
sépulture commune, serait toujours, pour
chaque année, de 18 à 19 mille, ou de
seize cents au moins, pour chacun des douze
arrondissemens. Il faudrait donc que le lieu
destiné pour chaque arrondissement, pût
contenir 3800 fosses au moins, afin de n'être

---

(4) Voyez les Notes à la fin du volume.

as obligé d'ouvrir les fosses avant trois ns. Or, je doute que trois ans puissent uffire pour l'entière consomption des corps. t cependant il ne serait pas facile de trouver utour de Paris douze champs assez vastes our que chacun pût contenir trois mille huit ents fosses.

Ainsi, dans la nécessité où probablement n sera toujours dans cette grande commune, e n'avoir que quatre ou cinq cimetières pu- lics assez peu étendus, quand il en faudrait ouze au moins de quatre arpens chacun, on e verra forcé d'employer des moyens pour âter la dissolution des corps, de jeter par xemple de la chaux dans les fosses.

ENNIO. — Ce moyen est pratiqué avec uccès à Naples. Je n'ai visité qu'avec ad- iiration le *Campo-Santo*, cimetière fameux ont je vais vous donner, si vous le per- iettez, une courte description.

Il est situé à quelque distance de la ville ur une hauteur. On y arrive par une allée e cyprès. — Un portique assez vaste s'ouvre ur une enceinte de deux à trois arpens d'é- endue, toute couverte de larges dales de laves.

Trois cent soixante-cinq de ces pierres, placées
à des distances égales, couvrent des caveaux
creusés dans le roc. Chaque jour on ouvre
un de ces caveaux : on y dépose les morts de
ce jour, on les recouvre de chaux, et on
scelle de nouveau la pierre. Cette fosse n'est
plus ouverte que l'année suivante à pareil jour,
et c'est pour y jeter de nouveaux corps,
après en avoir retiré le résidu des corps de
la précédente année.

ADRASTE. — On pourrait facilement établir de ces cimetières à Paris, dans la
plaine aride des Sablons, à Montmartre,
à Clamart, dans les environs de la Salpê-
trière, etc., etc. Tous les lieux peu fertiles
des environs de la capitale devraient être consacrés aux sépultures. La terre s'y améliore-
rait, et au bout d'un demi-siècle, par exemple,
on choisirait d'autres cimetières.

Mais au reste, on suppléerait facilement, à
Paris, aux cimetières trop peu vastes, ou mal
situés. — Sous le terrein des environs, sous
plusieurs quartiers même de cette grande cité,
il existe de profondes carrières d'où l'on tire
depuis des siècles, les pierres nécessaires

ux constructions. On n'entre dans ces villes
)uterreines, que de tems en tems, pour les
isiter, pour prévenir ou réparer les ébou-
mens. Pourquoi ne pas les employer utile-
ent, les faire servir, comme faisaient les
remiers chrétiens, aux sépultures, les trans-
rmer enfin en catacombes ?

ENNIO. — Il est vrai que celles de Rome
de Naples étaient évidemment des lieux
)nsacrés aux sépultures. On y voit, sur-
ut dans celles de Naples, les innombrables
sses que l'on a taillées dans les parois des
liers. Elles sont si rapprochées qu'elles res-
mblent à des tablettes de bibliothèques,
osées les unes sur les autres. — Mais ces
tacombes qui, sans doute, ne furent d'a-
)rd que des carrières, sont creusées dans
n tuf volcanique qu'on taille avec facilité.
ous ne trouveriez peut-être pas le même
antage dans ces carrières de Paris.

ADRASTE. — On y suppléerait par quelque
itre moyen: Par exemple, on creuserait
s fosses dans le sol même de la carrière,
non dans les piliers qui en soutiennent les
oûtes, et qu'il serait dangereux d'ébranler.

On remplirait ces fosses de chaux ou seulement de terre ; et , à des époques détermi-
nées , cette chaux ou cette terre serait re-
tirée et transportée hors de la carrière.

On ferait à ces carrières quelques ouvertures, pour qu'elles pussent recevoir et plus
d'air , et un air plus pur.

Chaque arrondissement aurait ses catacombes. Je ne sais jusqu'à quel point elles
pourraient remplacer les cimetières. Il faudrait pour cela mieux connaître la topo-
graphie des carrières , et je crois que le
gouvernement seul en possède les plans. Du
moins je ne les ai jamais vus ailleurs que
chez les architectes chargés de visiter ces
souterreins.

Dans les catacombes , comme dans les
autres espèces de cimetières , des concierge
veilleraient à ce que l'on respectât les tombeaux , à ce que l'on ne les violât pas pour
en retirer quelques effets précieux : car j
pense que l'on verrait bientôt renaître ce
usage si naturel , quoique réprouvé peut
être par la froide raison , d'enterrer avec l
mort, quelques-uns des objets auxquels
attachait du prix.

EUMÈNES. — Je conçois qu'une mère, qu'une épouse désolée coupe les tresses de ses cheveux et les enferme dans le tombeau de son fils, de son époux. C'est un dernier et triste hommage, c'est un témoignage de sa douleur. Mais ne vaudrait-il pas mieux conserver dans la famille les objets qui furent chers à celui dont on déplore la perte? S'il était homme de lettres, par exemple, on recueillerait quelques pensées de lui, écrites de sa main. On renfermerait dans un petit monument, dont on ornerait la chambre la plus fréquentée, ces reliques qui sont plus véritablement ses *restes* que son corps inanimé : s'il fut artiste, ce serait un de ses meilleurs ouvrages que l'on se léguerait de père en fils, dans la famille. — Un homme de lettres qui publie quelquefois des paradoxes, mais à qui on ne peut refuser une grande et féconde imagination, a eu des idées à peu près conformes à celles que je viens d'exposer. On s'est moqué de ce qu'il a écrit à ce sujet : il me semble que c'est à tort.

ADRASTE. — D'autant plus injustement que cette fois on ne pouvait lui reprocher

aucun écart d'imagination. Au contraire , il
combattait des hommes qui se livraient beaucoup trop à je ne sais quel délire sentimental
bien différent de la vraie sensibilité. Ils voulaient, ou qu'on *embaumât* tous les corps
ou qu'on les *brûlât*, et que de leurs cendres
vitréfiées, on fabriquât leurs bustes..... Rêves
que tout cela. Si quelque fou trouve très-inté-
ressant de métamorphoser en un froid verre
les os de la femme qu'il aima , laissons-le agir à
sa guise ; mais ne le citons pas pour exemple.

Il me reste à parler encore une fois des
Epitaphes.

Je l'ai déjà dit, j'approuve beaucoup l'usage
de ces inscriptions. Quoique dictées par la
vanité, elles conservent du moins la date certaine de quelques grands événemens : elles
sont les jalons de l'histoire.

Et d'ailleurs , lorsqu'elles contiennent un
sentiment doux et tendre, avec quel intérêt
l'œil du voyageur les parcourt ! Comme sa
mémoire les retient ! . . . .

Les Romains avaient une foule de mots
qui peignaient la tendresse et les regrets, et
qu'ils employaient dans toutes leurs épitaphes.

Comment rendre dans notre langue, avec la même précision, ces mots et ces phrases :

Bene - merenti monumentum posuit. — Sit tibi terra levis. — Amico suo libens fecit. — Dulcissimo filio meo adoptato. — Vale dulcis amica , etc. , etc.

Peut-être trouverait-on pourtant quelques formules françaises d'épitaphes qui remplaceraient celles-là, et mille autres que je pourrais citer ; j'avoue qu'il ne serait pas facile de leur donner cet air de simplicité , ce ton sentimental sans affectation , sans recherche. Mais à force de travail , le style lapidaire se perfectionnerait.

Je voudrais donc que l'on permît les *épitaphes.* Mais j'exigerais qu'elles eussent été examinées et approuvées par le *magistrat.* Il ne laisserait rien inscrire qui pût induire en erreur la postérité sur les faits ou sur les hommes. —Ceci est plus important qu'on ne pense.

Mais permettez-moi de terminer cette dissertation. Plus longue, elle pourrait fatiguer votre attention.

ENNIO. — D'ailleurs, que diriez-vous de plus, mon ami? Vous avez considéré, ou plutôt, nous avons considéré ensemble la question sous tous ses rapports. Nous avons vu ce qu'étaient les funérailles chez les anciens, ce qu'elles pourraient être chez nous. — Il est tems de sortir des tombeaux.

EUMÈNES. — Puisque l'on cherche à améliorer toutes les parties de l'administration publique, pourquoi Adraste ne communiquerait-il point ses idées sur les sépultures, au gouvernement qui en demande ?

ADRASTE. — Sans doute l'Institut en aura reçu de toutes parts de plus utiles, de mieux présentées... et pourtant je vais suivre votre avis.

NOTES.

~~~~~~~~~~~~~~~~~~~

NOTES SUR LE PREMIER DIALOGUE.

'AI d'abord eu le projet de refondre presque entièrement
on ouvrage avant de le livrer à l'impression. Mais on m'a
onseillé d'y ajouter seulement quelques NOTES. Et en effet,
es *Dialogues* auraient bien pu être encore moins lus si je
ur avais donné plus d'étendue. — *Les longs ouvrages font
eur* au grand nombre des lecteurs d'aujourd'hui.

Le citoyen *Mulot*, vainqueur, ainsi que moi, dans le
oncours ouvert par le Gouvernement, n'a pas *retouché*
on plus, en le publiant, le discours qui lui a mérité la
ouronne. Il déclare qu'*ayant partagé le prix, il a cru
u'il était d'un devoir rigoureux d'offrir son ouvrage au
ublic, tel qu'il l'a présenté à ses juges.*—Je dois sans doute
e remercier de ce procédé; mais je ne conçois pas com-
ent il a pu l'envisager comme un *devoir.* Nous ne concou-
ions pas pour un prix *de poësie* ou d'*éloquence*, et ce n'est
oint notre *style* qu'on a couronné, mais nos *idées*, nos
rojets. Le public attendait de nous moins un ouvrage
gréable qu'utile. — Pour moi, j'avoue que si, depuis le
our de notre commun triomphe, j'avais pu rendre mon
lan complet en y ajoutant quelques vues nouvelles, ou
on ouvrage plus agréable, par une plus grande correction
u style, je l'aurais fait sans scrupule.

Page 4. — *Bientôt on oublie même en continuant de les
xécuter, le motif de ces cérémonies.*

DONNONS quelques exemples pour preuve. — Les Égyp-
iens embaumaient leurs morts, parce qu'ils croyaient
u'après une certaine période, chaque individu reprendrait

son corps et recommencerait à vivre. Mais on voit par quelques vestiges, que l'usage d'embaumer les morts continua chez eux, long-tems après que le préjugé qui l'avait établi eut fait place à d'autres.

Chez nous, on ne lavait plus les morts, et nous ne nous croyions pas souillés par le contact, ou seulement par la vue d'un cadavre, et cependant l'*eau lustrale* était toujours employée dans les cérémonies funéraires.

Nous ne croyions point encore que l'on eût besoin d'or dans l'empire de Pluton, et cependant nous enterrions les morts de qualité, vêtus de leurs plus beaux habits, leurs anneaux à la main, etc.

En se donnant la peine d'observer, on trouverait dans la plupart de nos départemens, des cérémonies plus ou moins bizarres, dont on ignore entièrement l'origine et la cause, mais qu'on y suit toujours avec une scrupuleuse exactitude.

Page 7. — *Vous retrouverez presque toutes ces cérémonies chez les peuples modernes.*

ARISTOPHANE, dans les *Harangueuses*, décrit en peu de mots, une partie du cérémonial funéraire, qui s'observait de son tems.

Un jeune homme, pour railler une vieille femme qui veut l'entraîner chez elle, lui dit : » Étends d'abord un peu » d'origan, casse quatre branches que tu mettras dessous, » ceins ton front de bandelettes, place des lampes, et » mets à la porte le bocal d'eau lustrale.

Perse, dans sa troisième satire, retrace aussi le cérémonial observé chez les Romains :

> *Hinc tuba, candelæ; tandemque beatulus alto*
> *Compositus lecto, crassisque lutatus amomis,*
> *In portam rigidos calces extendit ; at illum*
> *Hesterni capite induto subiere Quirites.*

(PERSII, Satir. 3, V. 13.)

Il n'est personne qui ne reconnaisse ici plusieurs des cérémonies, qui de nos jours étaient encore en usage dans les funérailles, qui ne se rappelle ce *bocal d'eau lustrale*, placé *à la porte* de la rue, ces *lampes* allumées, cette exposition solennelle du mort, *les pieds tournés vers la porte*, etc. ?

Page 9. — *Je trouve plus raisonnables les coutumes des anciens Gaulois.*

LE citoyen Cambri, dans son grand ouvrage sur les sépultures, prétend que les Gaulois brûlaient aussi leurs morts. — Cet usage a pu s'introduire, ainsi que beaucoup d'autres, après la conquête des Gaules par les Romains. Mais il parait constant que de toute antiquité, chez les anciens Gaulois, les morts étaient ou inhumés, ou enfouis sous des monceaux de pierres, ou déposés dans des tombes qui avaient à peu près la forme des corps. Leurs *anciens cimetières* (et on en trouve dans presque toutes les parties de la France et même de l'Allemagne) contiennent de grandes auges de pierre où sont encore les ossemens entiers. — Je croirais plutôt que l'art d'embaumer les corps n'a pas été inconnu aux Gaulois. N'a-t-on pas trouvé en Auvergne, une momie qui paraissait avoir été conservée par d'autres moyens que ceux employés par les Égyptiens, et ensuite par les Romains? (Consultez le *Voyage en Auvergne*, par le *Grand-d'Aussy*. Tom. Ier.)

Page 12. — *En cette partie d'administration, il vaut mieux retenir qu'exciter.*

JE n'ai cité qu'une loi de Solon pour prouver que ce législateur avait été obligé de s'opposer au luxe des funérailles. En voici deux autres que j'aurais pu ajouter ; c'est Cicéron qui nous a conservé l'une, et Plutarque l'autre :

Ne quis sepulchrum facito operosius quàm quod decem homines effecerint triduo ; neque id opere tectorio exornato, nec hermas imposito. (M. Tullius de legibus , lib. 11 , extremo.)

Plus tribus riciniis (vestibus) *mortuum ne humato.* (Plutarch. in Solone.)

Le même légistateur avait défendu aux femmes de se déchirer les joues dans les funérailles : *Mulieres genas ne radunto.* Et les Décemvirs en firent une loi de douze tables.

Voilà bien des lois qui contiennent des dispositions *répressives.* Je n'en connais point qui en contiennent de *stimulantes;* qui ordonne, par exemple, de rendre aux morts des honneurs; qui recommande de les inhumer avec telles ou telles cérémonies. Mais il y en a qui prescrivent des peines contre ceux qui ne respectaient pas les tombeaux ; témoin celle-ci :

Ne quis sepulchra deleat, neve alienum inferat; si quis tymbon (Samuel Petit pense que ce mot signifie un *buste*), *aut monumentum , aut columnam violarit, dejecerit, fregerit ,* Pœna esto. (Voyez Cic. *Loco laudato.*)

En France , avant la révolution , les funérailles des grands étaient magnifiques, et les bourgeois se ruinaient pour se faire enterrer avec une pompe presque égale. Ce n'est sans doute pas ces usages ridicules et dangereux que l'on veut ramener. — Eh bien ! avec le tems, le luxe des funérailles appellera bientôt des lois prohibitives.

A la plus triste des époques, lorsqu'il n'y avait plus en France rien de sacré , et que, pour régénérer la Nation, on la laissait sans lois, sans institutions ; durant cette courte, mais trop longue période , on négligea de rendre aux morts les devoirs qui leur sont dus. Mais à mesure que l'ordre renaitra, que les liens sociaux se resserreront,

institutions morales, ou pour mieux dire, *sentimentales*
rétabliront presque d'elles-mêmes. — Et c'est alors l'*exa-*
ration, l'abus qu'il faudra craindre.

Les morts des *familles distinguées* (et il y aura toujours
ces familles), ont été de tout tems et seront encore
humés avec magnificence : les pauvres, au contraire, les
prolétaires ont été de tout tems, et si l'on n'y prend garde,
seront encore indignement *jetés à la voierie*.

Plein de cette idée, j'ai peu songé (comme on le verra
ans le second Dialogue) à prescrire des *cérémonies*. Et
à quoi bon ! les riches se seront bientôt fait, et sans qu'on
e donne la peine de le leur tracer, un *cérémonial* bien
omplet : mais j'ai proposé des *institutions* dont le but m'a
aru moral, qui doivent offrir de l'intérêt même dans leur
implicité ; qui pourront s'exécuter sans frais ; qui, sans
mpêcher les riches de suivre leurs fantaisies, les soumet-
ront d'abord à des formalités publiques, communes à tous
es Citoyens.

J'AURAIS pu grossir singulièrement les notes sur ce Dialogue, et ajouter citations sur citations. — Les Commentateurs, les *Archéologues* nous ont évité la peine de faire de
longues recherches : tout ce qu'ont écrit sur tel ou tel sujet, les
Poëtes, les Historiens, les Orateurs anciens, est, ou tex-
tuellement rapporté, ou au moins indiqué dans les ouvrages
de ces érudits. *Lambert-Bos* pour les Grecs, *Nieuport* pour
les Romains, quoiqu'ils n'aient publié que des abrégés, des
épitomes, ne laissent rien à desirer sur les *rites funèbres*
des anciens. L'un, dans le chapitre qu'il a consacré à cet
objet, cite au moins deux cents, l'autre plus de cent vingt
Auteurs grecs et latins, avec la page, l'édition, etc.
J'aurais donc pu, à peu de frais, paraître très-érudit.

Mais depuis long-tems je suis convaincu que nous avons souvent grand tort de puiser des exemples chez les anciens. C'est pour avoir voulu les imiter sans discernement, que pendant la révolution on a rendu tant de lois inexécutables, ou des lois qui dès le premier moment, ont été frappées de ridicule. — Telle ou telle institution n'était utile chez eux que parce qu'elle était liée à telle ou telle autre. Prendre isolément l'une de ces institutions, c'est imiter l'homme qui se vêtirait de la toge d'un Romain, et conserverait sur sa tête le chapeau des Français. — Tout se tient ou doit se tenir dans un bon système d'administration. Les rites funèbres, par exemple, doivent être d'accord même avec les *lois fondamentales* de l'État. — Dans un État monarchique, il faut des tombeaux somptueux, de fastueuses épitaphes ; et comme la monarchie s'appuie ordinairement sur quelque religion qu'à son tour elle protége, les prêtres doivent avoir le droit d'exiger un impôt de ceux qui, pour être plus près du Monarque-Dieu, veulent être enterrés dans les Temples. Et pourquoi ambitionne-t-on ces places dans les Temples ? C'est que sous cette espèce de gouvernement, l'opinion reçue est que pour jouir d'un vrai bonheur, il faut être ou à la cour de celui qui a le pouvoir, ou être bien avec ceux qui l'exercent en son nom. — Dans un état où l'on aurait fondé, comme l'a fait la constitution actuelle des Français, une noblesse non transmissible ; il faudrait même pour les morts, des *distinctions* dont la durée fût aussi limitée. C'est ce que j'ai tâché d'établir, comme on le peut voir dans le troisième Dialogue.

NOTES SUR LE SECOND DIALOGUE.

AGE 22. — *Je vous annonce un spectacle qui vous ins-*
era une juste horreur.

Le citoyen Cambri, dans le *Rapport* qu'il a publié sur
Sépultures, ne raconte qu'en latin, certains faits dont il
avoir été témoin, et qui prouvent l'excès de l'indécence
ec laquelle on transporte les morts dans les Cimetières
mmuns. En ne s'exprimant pas en français, il a sans
ute voulu ménager la sensibilité d'un plus grand nombre
ses lecteurs.

Son récit m'a rappelé bien vivement un fait plus horri-
e encore, dont j'ai eu le malheur d'être aussi témoin. Le
urrai-je raconter ? — Je passais par Lyon, à cette époque
douleur où chaque jour on traînait à l'échafaud de nom-
euses victimes. Étranger dans cette ville, j'en visitais
s promenades. Un soir je vis des grouppes nombreux
hommes et de femmes rassemblés au milieu des *Broteaux.*
ous avaient les yeux fixés, avec intérêt, sur le même
eu. Il me sembla qu'on leur donnait une fête : je m'appro-
ai. Quelle fête, grand Dieu ! de dix chariots demi-ren-
ersés tombaient lentement, et avec un bruit sourd, dans
ie fosse large et profonde, des cadavres nuds, sanglans,
ncore fumans.... sans têtes. — Je crus avoir une de
es visions qui tourmentaient Oreste. — Dans les specta-
eurs nul signe de douleur, pas même de regret. Au con-
raire, ils applaudissaient ; .... et moi aussi j'étais insen-
ible ; j'étais de pierre. Mais (et je desire que mes
ecteurs ne puissent me croire), voici ce qui acheva

de bouleverser toutes mes idées. Dix ou douze enfans
dont le plus âgé ne me paraissait pas avoir atteint sa qua-
torzième année, se montraient les uns aux autres parmi
tous ces torses sanglans, ceux qui offraient quelques diffor-
mités, ceux qui en glissant des chariots dans la fosse (ici
je ne sais plus comment m'exprimer), prenaient une atti-
tude qui rappelait à leur imagination déjà corrompue
des idées de libertinage.... Ils riaient, ils plaisantaient
tout haut, sans honte et sans crainte. — Dès qu'il me fut
possible de faire un pas, je m'enfuis; et je disais, en
regagnant l'hôtellerie : « O malheureuse cité! si je te plains
d'avoir perdu ton commerce, de voir tes citoyens les plus
purs périr par le fer d'un parti insensé et féroce, d'être
forcée de détruire, de tes propres mains, tes plus beaux
édifices, je te plains encore plus de nourrir dans ton sein
les jeunes monstres que je viens d'entendre. Ton commerce pourra refleurir, tes édifices se relever; mais qui
te donnera des mœurs?... Ici les enfans même ont le langage et les jeux des scélérats consommés. »

Page 19. — *On veut des institutions qui ne rappellent*
aucune religion.

Voilà ce qui rendait le problême difficile à résoudre. En
effet, il ne faut pas se dissimuler que c'est, en grande
partie, la religion qui inspire du respect pour les morts.
L'homme qui ne croit pas à l'immortalité de l'ame, ne
peut, sans contredire son système, honorer un cadavre. S'il
lui donne la sépulture, c'est par nécessité; c'est pour s'ôter
de devant les yeux un objet qui lui rappelle des idées
tristes, ou plutôt c'est pour n'en être pas incommodé. —
Mais pour ceux qui croyaient, comme les anciens, que les
mânes erraient autour des tombeaux; que ces ombres
légères étaient sensibles aux sacrifices qu'on leur offrait;
pour ceux encore qui, tels que les Chrétiens, croient que

l'ame dégagée du corps devient semblable à une intelligence céleste , qu'elle entend les prières des hommes, qu'un jour elle reprendra le même corps qu'elle habitait pour paraître devant le grand juge ; enfin pour tous les hommes religieux , de quelque secte qu'on les suppose, rien de moins nécessaire qu'un code funèbre : ce code existe dans leur croyance même. Tout peuple qui a une religion a, par cela seul , des institutions funéraires. Il est presque inutile de s'en occuper.

Pour ne pas sortir du cercle dans lequel le programme nous avait circonscrits, je n'ai trouvé rien de mieux que de proposer certaines formalités qui forceront, pour ainsi dire , les parens à accompagner le mort jusqu'à son dernier asyle. Telle est l'ouverture du testament dans le temple en présence du mort : telle la distribution du présent de mort. J'admets ensuite quelques institutions qui offrent un intérêt de curiosité. Par exemple, on aimera à entendre un fils , un ami, raconter l'histoire abrégée de quelque vertueux citoyen. Et, par un résultat presque nécessaire, tous les assistans seront portés à contempler , avec quelque respect , les restes de celui dont ils ont entendu l'éloge , et dont ils s'avouent la supériorité sur eux. — Il sera plus difficile d'appeler dans le champ du repos, les hommes qui ne peuvent croire que l'étincelle qui donne la vie, soit une émanation divine ; de commander les prières à qui ne croit pas à leur efficacité. Mais pourquoi les y appeler ? Qu'importe qu'une petite portion d'un peuple ne rende pas de culte aux morts, si la majorité les visite avec respect ? Au reste, il ne faut pas imaginer que l'homme même , qui ne peut adopter les superstitieuses idées du vulgaire, n'éprouverait pas un véritable intérêt à se promener dans les bocages mélancoliques de mes cimetières , à rêver au bruit de leurs ruisseaux , à étudier l'histoire du pays par la lecture des épitaphes.....

5

Page 23. — Je demande un *Préposé aux sépultures*, ou *Magistrat des funérailles.*

On pourrait attacher quelques *exemptions*, quelques *droits honorifiques* aux fonctions de ces Magistrats, mais non un traitement. En effet, comme il faudrait qu'ils fussent au moins en même nombre que les Juges de paix, on gréverait, en les payant, le trésor public, de quatre et même de cinq millions. Je suis loin de conseiller une pareille dépense. — Je crois que, surtout dans les campagnes, des hommes riches se chargeraient volontiers de cet emploi. (On cherche bien les places, non lucratives, de Maires, d'Officiers municipaux.) — D'ailleurs, au défaut de Citoyens de bonne volonté, les *Juges de paix* pourraient être en même tems *Magistrats des funérailles*; et si je ne l'ai pas d'abord proposé, c'est par respect pour le principe que j'ai émis : que rien n'est plus contraire à une bonne administration, que de charger d'un trop grand nombre d'attributions le même fonctionnaire.

Page 25. — *Une loi accorderait à celui qui n'aurait point quitté un Citoyen dans sa dernière maladie, le meuble qui lui fut cher.....*

Je crains que cette idée, et la proposition que je fais ensuite de décerner un *présent de mort*, qui pourrait être du vingtième du mobilier, ne trouvent bien des contradicteurs. Je prévois presque toutes les objections; et elles sont fortes. — Je n'en citerai qu'une. N'est-il pas possible, dira-t-on, qu'un fils obligé de vaquer à des affaires d'où dépend son existence ou celle de sa famille, ne puisse donner à son père malade tous les soins que s'empressera de lui offrir un étranger, qui peut-être convoitera la récompense réservée au *pieux-consolateur*? Punira-t-on ce fils ? — On oublie que j'ai institué un *Juge*, et des espèces de *témoins* dans les deux parens non héritiers. — Le Magistrat aurait sans doute à récompenser bien plus souvent les soins désintéressés par le don d'un simple meuble , qu'à punir l'ingratitude par une amende sur le mobilier.

Page 26. — *Les femmes auraient droit à ces récompenses.*

On commence à les rappeler dans les Hôpitaux. — Quels barbares que ceux qui les éloignèrent du lit des malades! des hommes auront-ils jamais les soins compâtissans , la patience , l'inaltérable résignation de ces créatures angé-liques, qui, dans les Hôpitaux, portaient le doux nom de *Sœurs!*

Page 29. — *Nous négligeons trop* ce langage embléma-tique, *qui agit si rapidement par les yeux sur l'imagination.*

Sans ce langage, il n'y a point de poësie. C'est le meilleur moyen de remuer l'ame , de lui faire concevoir vivement une idée. Et comment n'en serait-il pas ainsi? L'idée qu'on présente est un tableau. Mais à côté de cet avantage est l'inconvénient. La tête se remplit d'idées fausses, inexactes. On attribue aux êtres qui ont servi de comparaison , des qualités qu'ils n'eurent jamais. — Lisez les Hiéroglyphes d'Horapole, vous serez surpris du nombre de fausses notions des anciens en histoire naturelle , conséquemment des erreurs que contenait leur systême emblématique.

Mais on risque moins de se tromper quand , dans cette espèce de langage , on ne fait allusion qu'aux qualités apparentes des corps. Le pavot, par sa couleur meurtrie , ses pétales tombantes , le noir de ses étamines, sera toujours, avec justice , la fleur consacrée au sommeil et même à la mort ; la vénéneuse renoncule lui disputera ce triste

avantage. La rose sera toujours le tendre emblème de la
saison des amours, et le pâle souci, le signe des douleurs
morales.—Consultez à ce sujet l'admirable livre des *Études
de la Nature*. Le système *des harmonies*, qu'il est plus facile
de ridiculiser que de combattre par des raisonnemens,
nous apprend comment ces signes extérieurs des objets, la
couleur, la forme, etc., peuvent être pour nous les inter-
prètes de leurs qualités internes et cachées. C'est leur phy-
sionomie. —Mais je sors de mon sujet.

Page 29. — *On connaît les dangers des inhumations
préeipitées.*

Le citoyen Mulot a cherché et a indiqué plusieurs
moyens de s'assurer de la réalité de la mort. J'ai glissé,
au contraire, sur cet article important; et c'est un tort.
Je croyais me rappeler, en écrivant, que différentes
ordonnances de police indiquaient des mesures préser-
vatrices. Après un plus mûr examen, j'ai reconnu que
ces mesures étaient très-incomplettes. — Hâtons-nous
donc d'adopter, au moins en partie, les moyens proposés
par le citoyen Mulot, pour s'assurer de la mort. Les
épreuves pourraient être faites par les Officiers de santé
dans le Temple même.

Il était difficile que chez les Romains on s'exposât au
regret d'avoir inhumé, par erreur, des individus vivans,
puisque, s'il faut en croire *la Bléterie* dans ses Commen-
taires sur les annales de Tacite, le corps restait quelquefois exposé, sous le vestibule de la maison, pendant huit
jours entiers. Mais sans doute ce n'était pas un usage bien
général, puisque, selon lui encore, on fit des lois pour
empêcher les *obsèques précipitées.* — « On lavait le corps;
» on faisait ensuite des épreuves pour s'assurer de la
» mort; ce qui était souvent réitéré pendant le tems où le

» corps restait exposé ; *car il y avait des personnes char-*
» *gées de visiter les morts et d'en connaître l'état.* » — On
voit par cette dernière phrase, qu'en législation, il est
assez difficile de proposer des mesures nouvelles.

Page 3o. — *C'est dans les Temples que seraient les*
registres mortuaires et ceux des naissances.

Je ne voudrais point que l'on fît dans ce Temple ,
ni dans aucun Temple, ce que l'on appelle des *Mariages.*
Le Mariage n'est véritablement qu'un contrat libre, une
convention comme toutes les autres. L'enregistrement sur
les registres publics doit seul lui donner de la validité.
Pourquoi ces publications, cette solennité! Je doute qu'on
puisse en donner des motifs satisfaisans. C'est, dit-on,
par la crainte de la *Polygamie.* — Mais ne suffit-il pas que
des témoins bien connus attestent au notaire, ou, si l'on
veut, à un officier public, qu'ils ne connaissent aucun lien
aux parties contractantes? D'ailleurs, la Polygamie est un
délit, et doit avoir sa punition. — Laissons les partisans de
tel ou tel culte s'astreindre à telle ou telle cérémonie, s'ils
le jugent à propos : mais qu'aucune loi n'en fasse un devoir,
une obligation dans le mariage considéré comme *acte civil.*
Il y aura plus de mariages et peut-être de meilleurs.

Page 2. — *C'est ainsi que l'on rétablirait l'usage des*
oraisons funèbres.

A Dieu ne plaise que je redemande ces déclamations
ampoulées qu'on récitait dans les églises à la mort des
rois et des grands. Nous devons, il est vrai, à cet usage ,
trois ou quatre grands orateurs célèbres. Mais n'auraient-
ils pas pu employer plus utilement leurs talens sublimes ?
Que nos oraisons funèbres, à nous, ne soient pas de

fastidieux éloges. Quand les Romains firent des *panégyri-ques* , ils étaient déjà esclaves. — Un sablier placé près du magistrat indiquerait. le tems accordé à l'Orateur ; ce serait une demi-heure au plus. Il n'est point d'homme , quelque célèbre qu'on le suppose , qu'un orateur ne puisse , en se servant d'un style concis , en élaguant tous les lieux-communs et les hors-d'œuvres , louer dignement dans une *demi-heure.*

Page 34. — *La marche du cortége pourra se faire aux sons tristes d'une musique funèbre.*

Expliquons-nous. Les riches seuls , ceux qui voudraient que leurs parens fussent enterrés avec quelque faste , au-raient une *musique*, et la payeraient comme autrefois on payait une *sonnerie* plus ou moins bruyante. Mais je ne vois nulle nécessité que le Gouvernement entretienne un corps de Musiciens pour les funérailles. Le Rapporteur de l'Institut a dit que *tous* les concurrens demandaient que les funérailles se fissent au bruit de la musique. Je suis forcé de relever cette petite erreur. — Une simple trom-pette , et même seulement une *sonnette ;* voilà toute la musique que je demande pour les enterremens *ordinaires.*

NOTES SUR LE TROISIÈME DIALOGUE.

Page 41. — *On creuserait les fosses sur deux lignes pa-*
rallèles, qui ne seraient séparées que par un chemin de quel-
ques pieds.

On me dira : voilà donc les morts qui *ravissent six pieds*
de terre aux vivans ; et cependant vous avez observé plus
haut que c'était là une injustice, une usurpation.

Je réponds : le champ de mort planté d'arbres et couvert
de gazon, ne *serait point perdu pour les vivans.*

Il n'y a de terrein inutilement employé que celui couvert
par des monumens d'orgueil, par des monumens qui ne
sont habités que par des morts. — Ce sont ces monumens
que je proscrirais dans le lieu des sépultures publiques. —
Et je crois tellement que ce lieu pourrait être alors produc-
tif, que je fais du revenu qu'il procurerait, une partie du
traitement du concierge.

Page 42. — *Il serait permis à chaque famille de venir*
revendiquer, et de transporter ailleurs la terre où se serait
dissous le corps d'un de ses membres.

Ne trouvera-t-on point cette disposition puérile ? Que
l'on revendique des os, me dira-t-on, cela se conçoit : et
encore !... il me serait assez difficile de faire comprendre
à ceux qui feraient l'objection, le prix que l'on peut attacher à cette *terre.* — Est-elle donc moins l'être que l'on a
chéri, que les urnes *de verre* que l'on a gravement proposé
de fabriquer avec les os de morts ? Il est certains sentimens qu'il ne faut point chercher à expliquer. — Les
hommes religieux n'ont-ils pas recueilli, dans tous le tems,
avec respect, les habits, les livres, le meuble le plus

abject des martyrs ou des personnages qu'ils supposaient
favorisés de la divinité. — A Pise on a construit un superbe
édifice, pour recevoir la terre où s'étaient dissous les corps
des chrétiens morts dans la conquête de la terre sainte.

*Page 44. — Chaque famille aura le droit de disposer de
celui qu'elle a perdu. Elle pourra le faire transporter dans
les terres qu'il possédait , et lui élever même les plus fastueux monumens.*

L'autorité des magistrats est nécessaire pour l'érection
d'un monument public ; pour celle d'un monument particulier, la volonté seule du propriétaire suffit. Ce serait porter
atteinte au droit de propriété (que l'on définit : *le droit d'user
et d'abuser*), que de défendre à la vanité ou à la tendresse
d'un fils de consacrer, dans les domaines qu'il lui a laissés,
un tombeau à son père.—Ces monumens ne peuvent guère
exister que pendant une période assez courte. En effet, dans
un pays où les substitutions ne sont point admises, les terres
ne restent pas long-tems la propriété des mêmes familles.
Or, un étranger ne peut avoir aucun intérêt à conserver le
tombeau d'un homme qu'il ne connut jamais. Il n'en est pas
ainsi des monumens publics. Réparés aux frais de l'État,
ils passent à la postérité la plus reculée, lui transmettent
l'histoire d'un événement ou d'un homme. Ce sont pour les
descendans de cet homme, des véritables titres de noblesse.
— Voilà pourquoi les anciens étaient, dans le tems de leur
enthousiasme pour la liberté, si avares de cette distinction.

Pour récompense de quelques services rendus , ils don-
naient assez facilement un lieu de sépulture aux portes de
la ville ; rarement dans l'intérieur. On lit sur un grand banc
circulaire, placé à la porte de *Pompéïa*, cette inscription en
caractères d'un palme et demi de haut :

*Mammiæ P. F. sacerdoti publicæ, locus sepulturæ datus
Decurionum decreto.*

Rien n'annonce quel grand service avait pu rendre cette
Mammia, prêtresse publique ; mais il paraît qu'elle jouis-
sait d'une grande considération dans Pompéia. On voit aux
environs , quelques autres exemples de concessions de
tombeaux faites par les Décurions ; mais dans toute la
partie intérieure de la ville , qui est découverte , on n'a pas
trouvé un seul monument funèbre.

Page 47. — *Il faudrait bien désigner un lieu particulier
du cimetière pour la secte intolérante qui ne voudrait pas
se mêler aux autres.*

On blâmera, peut-être avec quelque raison , cette ex-
trême condescendance pour des opinions que l'on nommera
superstitieuses ; on me représentera que les *Catholiques*, ou
au moins ceux qui font semblant de l'être , étant incompa-
rablement plus nombreux, ils s'empareront de la presque
totalité du Cimetière. — Je le crois ainsi : mais je n'y vois
pas un grand inconvénient. — Au reste , il ne faudrait pas
que cette faveur fût entièrement gratuite. Tant que la religion des Catholiques ne sera pas celle de l'État, chacun
d'eux serait obligé d'acheter particulièrement sa place dans
le Cimetière; tandis que les hommes des autres Sectes , qui
n'exigeraient point de préférence, ne payeraient que la
rétribution ordinaire. — Mais serait-il permis d'élever sur les
fosses les emblêmes d'une Secte, des Croix, par exemple ,
ou des Turbans ? Je ne le pense pas. Le Cimetière est un
lieu public, et l'on a interdit à tous les cultes les signes
extérieurs. — Je suppose toujours, comme on voit, que
l'on tiendra au principe que nulle religion ne doit être dominante. S'il y en avait une dominante , il serait fort inutile
de s'occuper de la police à établir dans les lieux de sépulture : ses prêtres ne souffriraient pas, même à aucun prix ,
que les autres Sectes eussent des *lieux reservés* dans le
Cimetière public.

Page 48. — *Il meurt à Paris à peu près vingt mille individus , année commune.*

Ces calculs sont extraits d'une lettre sur les *Sépultures* ,
publiée, l'année dernière , dans la *Décade philosophique* ,
N° 18. L'auteur (le C. *Andrieux*) commence par se moc-
quer , avec autant d'esprit que de raison , de tous ces fai-
seurs de projets qui , au lieu de demander des *Cimetières* ,
veulent des *Élysées* , ornés de pyramides , de colonnes ,
d'urnes funéraires , etc. — Il conseille ensuite , comme je
l'ai fait après lui , d'établir pour Paris douze Cimetières
dans les environs , de quatre arpens chacun , entourés
de fossés et de haies vives , et plantés d'arbres. Point
d'autres édifices dans ce lieu que la petite maison du concierge , et un pavillon où les bières seraient placées , en
attendant qu'on les descendit dans la fosse qui leur serait
destinée, etc. etc. — Ce plan est de tous ceux que j'ai exa-
minés avant d'écrire, celui qui m'a paru le mieux conçu, le
plus exécutable. Je n'ai pu m'empêcher d'y puiser quelques
idées. — J'empruntais secrètement à l'amitié ; mais je m'em-
presse ici de restituer publiquement.

Page 51. — *Pourquoi ne pas employer utilement les carrières , les faire servir aux Sépultures , les transformer en
Catacombes ?*

C'est, à mon avis, le meilleur usage que l'on puisse faire
de ces vastes souterreins, qui deviendraient bientôt des
asyles respectés , des temples, s'ils étaient consacrés aux
morts. Des lampes sépulchrales y brûleraient sans cesse :
on en connaitrait bientôt tous les détours ; on y entretien-
drait la plus grande propreté ; et une surveillance conti-
nuelle rassurerait les habitans de Paris, qui frémissent de
penser qu'ils demeurent sur des abîmes. — Ce serait un
devoir rigoureux des concierges de ces catacombes , d'a-

ertir l'administration dès qu'ils apercevraient le plus petit
ndice d'éboulement, et on n'attendrait pas, comme aujour-
l'hui pour faire des réparations, que la crevasse se fût ma-
ifestée à l'extérieur.

Si l'on adoptait le projet de transformer en catacombes,
es carrières de Paris, on pourrait presque se dispenser
l'avoir d'autres cimetières, tant elles sont vastes. Ce serait
ne grande économie pour le Gouvernement, et qui com-
enserait bien les premières dépenses nécessaires pour la
lisposition du lieu; par exemple, pour les ouvertures à
aire à l'extérieur, les escaliers à construire, etc. etc.

Page 55. — *Nous avons vu ce qu'étaient les funérailles*
hez les anciens, ce qu'elles pourraient être chez nous.

Je ne me flatte point cependant d'avoir épuisé la matière.
l est même plusieurs questions importantes que je n'ai
oint traitées, quoiqu'elles se rattachassent à la question
rincipale. Mais c'est souvent avec intention. Je n'ai point,
ar exemple, examiné où doivent être placés les *Élysées*,
u lieux consacrés sinon à la sépulture, du moins aux cé-
otaphes ou aux statues des grands hommes. Je n'ai point
it ce que devraient être ces Élysées. J'ai cru que le Gou-
ernement n'avait rien à demander sur ce sujet. Il existe
éjà tant de plans et de si beaux. — Et puis qu'importe
ue l'on place au milieu des arbres, sous des portiques,
u sous un dôme, les tombeaux des grands hommes! Dès
u'il est reconnu qu'il doit y avoir un *Élysée*, c'est aux
rtistes qu'il faut laisser le soin d'en tracer le plan.

Mais ne fera-t-on qu'un *Élysée* pour tous les grands
ommes sans distinction? Y verra-t-on confondus des gé-
éraux célèbres, des ministres, des philosophes, etc.?
Pourquoi non. Quiconque a eu des talens utiles à l'état,
oit avoir une place dans l'Élysée.

C'est ici le lieu de rappeler le plan enchanteur d'Élysée, qu'a tracé le peintre par excellence, le C. *de Saint-Pierre :*

D'UN ÉLYSÉE.

. . . .
. . . .

« Je voudrais qu'on choisit auprès de Paris, un lieu que
» consacrerait la religion, pour y recueillir les cendres des
» hommes qui auraient bien mérité de la patrie.

» Les services qu'on peut lui rendre sont en grand nombre
» et de nature bien différente. Nous n'en connaissons guère
» que d'une sorte, qui dérivent de qualités redoutables,
» telles que la valeur. Nous ne révérons que ce qui nous
» fait peur. Les marques de notre estime sont souvent des
» témoignages de notre faiblesse. On ne nous élève qu'à la
» la crainte, et point à la reconnaissance.

. . . .

» Le bienfait d'une plante utile est, à mon gré, un des
» services les plus importans qu'un citoyen puisse rendre
» à son pays. Les plantes étrangères nous lient avec les
» nations d'où elles viennent ; elles transportent parmi nous
» quelque chose de leur bonheur et de leurs soleils. Un
» olivier me représente l'heureux pays de la Grèce, mieux
» que le livre de Pausanias, et j'y trouve les dons de Minerve
» bien mieux exprimés que sur des médaillons. Sous un
» maronnier en fleur, je me repose sous les riches ombrages
» de l'Amérique ; le parfum d'un citron me transporte en
» Arabie, et je suis au voluptueux Pérou en flairant l'hé-
» liotrope.

» Je commencerais donc à ériger les premiers monumens
» de la reconnaissance publique à ceux qui nous ont ap-
» porté des plantes utiles ; pour cet effet, je choisirais une
» des îles de la Seine, dans les environs de Paris, afin

« d'en faire un Élysée. Par exemple, je prendrais celle qui
» est au-dessus du hardi pont de Neuilly, et qui ne tardera
» pas, avant quelques années, de se trouver dans les fau-
» bourgs de Paris ; j'y ajouterais le bras de la Seine qui ne
» sert point à la navigation, et une grande portion du con-
» tinent qui l'avoisine ; je planterais autour de ce vaste
» terrain, et le long de ses rivages, les arbres, les arbris-
» seaux et les herbes dont la France a été enrichie depuis
» plusieurs siècles. On y verrait des maronniers d'Inde,
» des tulipiers, des mûriers, des Acacias de l'Amérique
» et de l'Asie, des pins de Virginie et de la Sibérie, des
» oreilles d'ours des Alpes, des tulipes de Calcédoine, etc.
» Le sorbier du Canada, avec ses grappes écarlates : le
» *magnolia grandiflora* de l'Amérique, qui produit la plus
» grande et la plus odorante des fleurs ; et le thuia de la
» Chine, toujours vert, qui n'en porte point d'apparentes,
» entrelaceraient leurs rameaux et formeraient çà et là,
» des bocages enchantés. On placerait sous leurs ombrages,
» et au milieu des tapis de plantes de différentes verdures,
» les monumens de ceux qui les ont apportés en France.
» On verrait croître autour du magnifique tombeau de
» Nicot, ambassadeur de France en Portugal, qui est à
» présent dans l'église de Saint Paul, la fameuse plante de
» tabac, appelée d'abord de son nom Nicotiane, parce que
» ce fut lui qui, le premier, la fit connaître dans toute l'Eu-
» rope. Il n'y a point de prince Européen qui ne lui doive
» une statue pour ce service ; car il n'y a point de végétal
» au monde qui ait donné tant d'argent à leurs trésors, et
» tant d'illusions agréables à leurs sujets ; le népenthé d'Ho-
» mère n'en approche pas. On pourrait graver dans le voi-
» sinage, sur un socle de marbre, le nom du flamand Auger,
» de Busbeck, ambassadeur de Ferdinand, premier roi des
» Romains, à la Porte, d'ailleurs si recommandable par
» l'agrément de ses lettres ; et placer ce petit monument à

» l'ombre du lilas, qu'il apporta de Constantinople, et dont
» il fit présent à l'Europe (*) en 1562. La luzerne de la Médie
» y entourerait de ses rameaux le monument dédié à la
» mémoire du laboureur inconnu, qui, le premier, la sema
» sur nos collines caillouteuses, et qui nous fit présent, dans
» des lieux arides, de pâturages qui se renouvellent jus-
» qu'à quatre fois par an. A la vue du solanum de l'Amé-
» rique, qui produit à sa racine la pomme de terre, le petit
» peuple bénirait le nom de celui qui lui assura un aliment
» qui ne craint pas, comme le bled, l'inconstance des élé-
» mens et les greniers des monopoleurs. Il n'y verrait pas
» même, sans intérêt, l'urne du voyageur ignoré, qui orna,
» à perpétuité, les humbles fenêtres de ses demeures obs-
» cures, des couleurs brillantes de l'aurore, en lui appor-
» tant du Pérou la fleur de capucine (**).

» En avançant dans ce lieu agréable, on verrait, sous
» des dômes et sous des portiques, les cendres et les bustes
» de ceux qui, par l'invention des arts, nous apprirent à
» tirer parti des productions de la nature, et qui, par leur
» génie, nous épargnèrent de longs et de rudes travaux.
» Il n'y faudrait point d'épitaphes. Les figures du métier
» à faire des bas, de celui qui sert à organsiner la soie, et
» du moulin à vent, seraient des inscriptions assez expres-
» sives, sur les tombeaux de leurs inventeurs. On y pour-
» rait tracer un jour le globe aérostatique sur le tombeau de

(*) Voyez Mathiole sur Dioscoride.

(**) Pour moi, je verrais le monument de cet homme-là, ne fût-
ce qu'une tuile, avec plus de respect que les superbes mausolées qu'on
a élevés en plusieurs endroits de l'Europe et de l'Amérique, à la
gloire des cruels conquérans du Méxique et du Pérou. Plus d'un
historien a fait leur éloge, mais la Providence divine en a fait
justice. Ils ont tous péri de mort violente, et la plupart par la main
du bourreau.

Mongolfier ; mais il faut savoir auparavant si cette étrange machine , qui transporte des hommes dans les airs , au moyen du feu et du gaz , servira au bonheur des peuples ; car le nom de l'inventeur même de la poudre à canon , s'il était connu , ne serait point admis dans l'asyle des bienfaiteurs de l'humanité.

« En approchant du centre de cet Élysée , on rencontrerait les monumens encore plus vénérables de ceux qui , par leur vertu , ont laissé à la postérité des fruits plus doux que ceux des végétaux de l'Asie , et ont exercé le plus sublime de tous les talens. Là , seraient les tombeaux et les statues du généreux Duquesne , qui arma lui-même une escadre à ses dépens , pour la défense de la patrie ; du sage Catinat , également tranquille dans les montagnes de la Savoie et dans l'humble retraite de Saint Gratien ; et de l'héroïque chevalier d'Assas , se sacrifiant la nuit pour le salut de l'armée française , dans les bois de Closterkam. Là , seraient les illustres écrivains qui enflammèrent leurs compatriotes de l'amour des grandes actions : on y verrait Amiot , appuyé sur le buste de Plutarque ; et vous , qui avez donné à la fois le précepte et l'exemple de la vertu , divin auteur de Télémaque ! nous révérerions vos cendres et votre image , dans une image de ces champs élysées que vous avez si bien décrits.

» Il y aurait aussi des monumens de femmes vertueuses ; car il n'y a point de sexe pour la vertu : on y verrait les statues de celles qui , avec de la beauté , préférèrent une vie laborieuse et cachée , aux vaines joies du monde , des mères de famille qui rétablirent l'ordre dans une maison dérangée , qui , fidelles à la mémoire d'un époux souvent infidelle , gardèrent encore la foi conjugale après sa mort , et sacrifièrent leur jeunesse à l'éducation de leurs chers enfans ; et enfin les effigies vénérables de celles qui atteignirent au plus haut degré de l'illustration , par

» l'obscurité même de leurs vertus. On y transporterait le
» tombeau d'une dame de Lamoignon, de la pauvre église
» de Saint Gilles, où il est ignoré; sa touchante épitaphe
» l'en rendrait encore plus digne, que le ciseau de Girar-
» don dont il est le chef-d'œuvre : on y lit qu'on avait des-
» sein d'enterrer son corps dans un autre endroit; mais les
» pauvres de la paroisse, à qui elle avait fait beaucoup de
» bien pendant sa vie, l'enlevèrent par force, et le dépo-
» sèrent dans leur église : sans doute ils transporteraient
» eux-mêmes les restes de leur bienfaitrice, et viendraient
» les exposer dans ce lieu, à la vénération publique.

> Hic manes ob patriam pugnando vulnera passi,
> Quique sacerdotes casti dum vita manebat,
> Quique pii vates et Phœbo digna locuti,
> Inventas aut qui vitam excoluere per artes,
> Quique sui memores alios fecere merendo.

Æneid. lib. 6.

(» Là, seraient les guerriers qui prodiguèrent leur sang
» pour la défense de la patrie; les prêtres qui furent chastes
» pendant tout le cours de leur vie; les poëtes pleins de
» piété, qui chantèrent des vers dignes d'Apollon; ceux
» qui contribuèrent au bonheur de la vie par l'invention
» des arts; et tous ceux qui méritèrent, par leurs bienfaits,
» de vivre dans la mémoire des hommes.»)

» Il y aurait là des monumens de toute espèce, distribués
» suivant les différens mérites: des obélisques, des colonnes,
» des pyramides, des urnes, des bas reliefs, des médaillons,
» des statues, des socles, des péristiles, des dômes; ils n'y
» seraient pas entassés comme dans un magasin, mais dis-
» persés avec goût; ils ne seraient pas tous de marbre
» blanc, comme s'ils sortaient de la même carrière, mais
» de marbre et de pierres de toutes couleurs. Il ne faudrait
» dans ce vaste terrein, auquel je suppose au moins un
» mille et demi de diamètre, ni alignement, ni terre bêchée,

» ni boulingrins, ni arbres taillés et émondés, ni rien qui
» ressemblât à nos jardins....» etc. etc.

(*Études de la Nature*, tome *V*, *édition de* 1792.)

Je regrette de ne pouvoir citer tout le morceau. Mais il est
bien connu de tous les moralistes, et il devrait l'être davantage de ceux qui sont à la tête de l'administration publique.

Ce n'est pas la première fois que j'ai écrit sur *les Sépultures*.
Long-tems avant que l'on s'occupât de cet objet, et lorsque
ceux qui depuis ont déclamé très-haut contre l'indécence
de nos inhumations, jugeaient ou prudent de se taire, ou
inutile de parler.... Je publiai un petit écrit qui a pour
titre les *Tombeaux*. On pense bien que cet Ouvrage doit
avoir beaucoup de ressemblance avec les *Dialogues* que je
présente aujourd'hui au public. L'auteur qui ne veut jamais
dire que ce qu'il croit la vérité, se répète nécessairement
lorsqu'il écrit une seconde fois sur le même sujet.

Je vais placer ici ces réflexions sur *les Tombeaux*, quoiqu'elles aient paru, il y a six ou sept ans, dans un journal
très-répandu (*la Décade philosophique*). Mais elles peuvent être considérées comme le résumé des *Dialogues* que
l'on vient de lire. Ainsi elles termineront utilement ces
Notes.

DES TOMBEAUX.

Non loin des ruines de l'antique ville de Misène
s'élève un côteau riant, connu sous le nom de *Champs-
Élysées*. C'était autrefois le lieu de la sépulture des Misé-
niens et de leurs voisins les habitans de la voluptueuse *Baïa*.
On n'y marche encore qu'au milieu des tombeaux. De hauts
peupliers qu'unissent entre eux des guirlandes de vignes,
couvrent de leur ombre ces antiques monumens. — C'est là,

qu'après une journée employée toute entière à visiter des
lieux célèbres, je vins me reposer quelques heures. Déjà
le soleil touchait à l'horizon et cachait par degrés son grand
disque dans la mer, que je découvrais au-dessous de moi,
au travers des branches d'arbres. Le lieu, le moment,
tout m'invitait à la méditation. A quelques pas était un
tombeau demi-détruit. Un fragment d'inscription sur un
marbre blanc, que je trouvai aux environs, m'apprit qu'il
avait renfermé les cendres d'une épouse adorée, qui n'avait
pas vécu 30 ans. J'entrai : assis sur les débris d'une grande
urne de terre cuite, j'écrivis à la hâte quelques réflexions
sur les tombeaux. Peut-être il est des lecteurs pour lesquels
elles ne seront pas sans intérêt.

» Quelle est donc cette éternelle maladie de l'espèce
» humaine, de vouloir, même après la mort, occuper un
» espace dans le monde ! Presque tout le sol que j'ai par-
» couru aujourd'hui est hérissé de tombeaux. L'agriculteur
» ne peut promener le soc dans ces champs qui seraient
» si fertiles. La vanité des anciens colons de cette terre
» est nuisible même à leurs descendans.

» J'ai vu des tombeaux ornés de stucs légers, de pein-
» tures gracieuses. O démence ! Ils décoraient, par toutes
» les ressources de l'art, un lieu qui n'était destiné qu'à
» contenir des cendres, froides, insensibles.

» J'ai vu d'autres tombeaux divisés en plusieurs cham-
» bres : quelques-uns avaient deux étages. C'étaient de
» vrais appartemens, des logemens commodes. Oh ! si
» ceux dont ils renfermaient les restes avaient pu deviner
» ce que deviendraient, quelques siècles après, ces monu-
» mens construits à si grands frais !.... Ils servent aujour-
» d'hui d'asyle aux mendians ; et dans le village situé sur
» le haut de la colline, les habitans n'ont point d'autres
» écuries que les tombeaux antiques. De vils animaux
» mangent le foin, l'avoine dans des urnes cinéraires.

» Ce n'était pas pour eux seuls que les anciens bâtissaient
» des tombeaux ; il y réservaient des places pour tout ce
» qui composait leur suite. Là encore ils prétendaient
» dominer. Des niches pratiquées dans les murs recevaient
» les cendres de leurs affranchis, de leurs esclaves. La
» coquette riche voulait avoir, même après sa mort, la
» coiffeuse qui avait bouclé ses cheveux avec art, celle qui
» avait eu soin de ses tuniques, de sa chaussure. Souvent des
» inscriptions apprennent quels étaient auprès de la morte
» ou du mort dont l'urne s'élève solitaire au milieu du
» tombeau, les emplois des morts qui occupent les niches
» des murs latéraux.

» Et combien d'inutiles et splendides cérémonies précé-
» daient le dépôt de leurs cendres dans ces sombres et
» dernières demeures ! On lavait les corps ; on les baignait
» de parfums ; on semait de fleurs la chambre où ils repo-
» saient ; on les y gardait sept jours entiers ; devant la
» porte de leur maison on mettait de grands pins, des
» cyprès. Puis venaient enfin les funérailles. Il fallait pour
» escorte à des cadavres une armée de joueurs de flûtes,
» de trompettes ; des vieilles femmes qui pleuraient ; des
» mimes et archimimes qui imitaient l'allure, les gestes,
» les actions du mort. Mais où la vanité se manifestait le
» plus, c'était dans l'usage de faire porter les images des
» ancêtres du mort sur des lits somptueux. On comptait
» 600 lits aux funérailles de Marcellus, et 6,000 à celles
» de Sylla ; des orateurs récitaient de menteuses oraisons
» funèbres ; quelquefois on célébrait des jeux ; enfin le
» cadavre était brûlé dans une toile d'amiante, et l'on
» recueillait religieusement ses cendres.

» Tous les corps n'étaient pas ainsi brûlés. Il se
» trouvait des hommes qui voulaient transmettre à d'autres
» générations leur dépouille mortelle ; qui voulaient que
» leurs descendans pussent connaître leurs traits, leur

» forme véritable. On les embaumait après leur mort, et
» l'art de conserver les corps fut perfectionné par les
» Romains.

» Mais je blâme les Romains, et j'oublie que les
» Égyptiens, que les Grecs, que presque tous les peuples
» anciens ont peut-être porté plus loin le luxe des funé-
» railles et des tombeaux. Elles existent encore ces pyra-
» mides célèbres, qui attestent l'orgueil insensé de la nation
» Égyptienne, ou plutôt celui de ses Rois. C'était pour ren-
» fermer la momie d'un Roi, et celles de quelques seigneurs
» de sa cour, que des milliers de bras élevaient à grands
» frais, ces masses colossales qui semblaient devoir les
» garantir de la destruction commune à tous les êtres.

» Si l'on devait à l'amour, à l'amitié, à la reconnaissance
» l'invention de l'art d'embaumer les corps, il faudrait par-
» donner aux hommes leur crime de contrarier les lois
» immuables de la nature, en refusant de rendre à chaque
» élément sa portion d'un corps aussi-tôt qu'il la réclame.
» Qui pourrait reprocher à l'ami, au fils reconnaissant, à
» l'époux inconsolable, de chercher à conserver pendant
» de longues années, l'objet, même inanimé, de leurs plus
» chères affections? Que ce doit être un plaisir, doux dans
» sa tristesse, de pleurer sur une main qui tant de fois
» essuya nos larmes, et même de déposer encore des bai-
» sers non rendus, sur un visage de glace! Mais ce fut la
» superstition qui, d'accord avec une excessive vanité,
» conseilla aux Égyptiens de conserver ainsi leurs corps,
» après que le souffle vivifiant s'en était exhalé.

« Je reviens aux Romains. — Tout n'était pas absurde
» dans leurs coutumes relatives aux funérailles. Dès qu'on
» n'avait plus d'espoir de sauver le malade, c'était un devoir
» pour le plus proche parent de venir recueillir son dernier
» soupir et lui fermer les yeux. Et ce n'était point là une
» vaine cérémonie : la mère recevait vraiment, dans sa

» propre bouche, le dernier soupir de son fils mourant, le
» mari celui de sa femme. *Anna*, la tendre sœur de Didon
» s'écrie dans l'Énéide : » Ah! s'il erre encore quelque dernier souffle sur ses lèvres, que je le recueille de ma bouche!...
» Les parens, les amis devaient aussi être présens pour
» fermer la bouche et les yeux du mort, afin qu'on pût le
» regarder sans horreur. C'est ainsi que tout Romain était
» sûr, grâces aux usages et même aux lois (car il y en
» avait qui étaient d'accord avec ces usages, ou peut-être
» même ils tiraient leur origine des lois), de ne jamais
» mourir abandonné, d'avoir autour de lui ceux que l'on
» supposait devoir lui accorder leur assistance avec le plus
» de zèle et d'intérêt.

» Un autre usage bien louable encore, était d'enterrer
» les morts hors des villes ; de placer les tombeaux sur le
» bords des chemins. Les Romains avaient aussi la faculté
» de se faire enterrer dans leurs propres domaines. Tout
» cela est fort sage, et je ne sais pourquoi tous les peuples
» n'adoptent pas de pareilles coutumes.

» Dans la moitié et plus de l'Europe, l'homme ne peut
» être libre, même à sa mort. Là, on demanderait en
» vain à être enterré dans un lieu plutôt que dans un autre :
» le curé de la paroisse vient s'emparer des corps comme
» un corbeau d'une proie.

» En France (mais seulement depuis quelques années),
» on n'enterre plus les morts dans les villes : mais on les
» amoncelle à quelque distance dans les espaces souvent
» très-circonscrits qui leur sont destinés. A un très-grand
» mal c'est en substituer un moindre. Mais pourquoir unir
» ainsi dans un même lieu des milliers de cadavres? Leur
» dissolution, qui pourrait être utile, corrompra l'atmos-
» phère environnante : ils communiqueront à leurs amis, à
» leurs enfans, à leurs concitoyens le germe de plusieurs ma-
» ladies contagieuses. Ensevelissez-les séparement et dans

» de vastes enceintes, les environs ne seront point infectés
» de cette dissolution partielle; ils féconderont la terre qui
» les couvrira. Les arbres, les végétaux qui doivent nourrir
» leur postérité, s'engraisseront de leur substance.

 » Ainsi, pour que l'air des grandes villes soit plus pur,
» moins chargé de miasmes pestifères, enterrons les morts
» à de grandes distances les uns des autres, sur les limites
» des héritages, le long des grandes routes. Laissons
» même à qui voudra la faculté de choisir sa place;
» et observons scrupuleusement à cet égard ses dernières
» volontés. Que l'enfant puisse connaître le tombeau de son
» père: qu'il y vienne quelquefois dans l'année, rêver à ses
» vertus, assis sur ses reliques.

 » L'homme qui possède un fonds de terre, doit y être
» enséveli. Que ce soit le soin, le devoir sacré de l'héritier
» de faire transporter le corps au lieu indiqué par le tes-
» tament.

 » Pourquoi la société s'empare-t-elle des restes d'un
» mort, et prétend-elle en disposer? Il me semble que ce
» corps est une propriété de la famille, qui pourtant est tou-
» jours obligée de suivre les dernières volontés du mort.
» S'il n'a point testé, elle peut s'en emparer, en faire tout
» ce qu'elle voudra, hors le laisser sans sépulture.

 » Mais ne verrions-nous pas bientôt s'élever aussi des
» tombeaux semblables à ceux des anciens? Les hommes
» d'aujourd'hui n'auraient-ils pas aussi la folle ambition de se
» construire de magnifiques mausolées, d'exciter l'admira-
» tion des passans par la beauté de l'architecture, le fini
» des ornemens qui décoreraient le monument; de faire lire
» leurs noms, leurs qualités sur le marbre ou sur le bronze?
» Enfin, les morts n'envahiraient-ils point bientôt une
» grande portion d'un terrein qui ne doit appartenir qu'aux
» vivans?

 » Eh! sans doute, les hommes se ressemblent dans tous

les tems. Les modernes tomberaient dans les mêmes excès que les anciens, dans de plus grands peut-être. Mais
le remède n'est pas impossible.

» Que les lois défendent d'élever aucune espèce de tombeaux en pierre. Mais nul inconvénient à ce qu'on les
forme de gazon. Qu'elles fixent l'étendue de terre que le
plus grand pourra occuper. Qu'elles ne permettent point
de construire des cavernes, peut-être même de creuser
des pierres pour y enfermer le corps. Que tous soient
rendus à la terre dont ils proviennent tous.

» Mais il faudrait laisser au propriétaire la faculté de
planter d'arbres, le lieu qu'il aurait choisi pour sa sépulture ; je lui permettrais même de placer une pierre sur
son tombeau, pourvu qu'elle n'excédât pas un pied carré.

» Conservons l'usage des épitaphes. Elles sont souvent
l'expression de la reconnaissance et de l'amour. Je ne lis
point sans attendrissement ces inscriptions qui m'apprennent que le monument fut élevé par un frère ou un fils
désolé, un frère aimé, à un père *bene merenti.* — Elle res-
tera long-tems dans mon souvenir cette épitaphe simple
et touchante d'un affranchi et de son épouse, que j'ai lue
autrefois dans le Muséum du Capitole. Ils y rendaient
grâces à un maitre généreux, qui non-seulement leur
avait donné la liberté, mais un petit coin de terre que
long-tems ils avaient cultivé en paix et où ils avaient fini
leurs jours. Eh! cette pierre lapidaire même qui me sert
de table, n'est-elle pas un monument certain de la douleur
d'un époux ! J'y lis ces mots : *Carissimæ conjugi.*

» Mais que les épitaphes ne contiennent jamais que le
nom du mort et non ses *qualités*, ni la liste des emplois
qu'il a gérés. Qu'importe aux passans, qu'il ait été général
d'armée, s'il n'a pas remporté d'éclatantes victoires ; qu'il
ait été plusieurs fois élu sénateur, s'il ne s'est pas fait
admirer par la sagesse de ses opinions ! Fut-il vertueux ?

» Fit-il le bien ? Soulageait-il les malheureux ? Le peuple,
» pour quelque belle action , lui décerna-t-il la couronne
» civique ? Voilà ce qui seul peut intéresser ceux qui s'ar-
» rétent pour lire une épitaphe.

» Oh! lorsque je serai de retour dans ma patrie, je veux
» dans le petit champ que me laissera mon père, creuser
» moi-même le lieu de ma sépulture. Je le placerai sous ces
» peupliers qu'il a plantés, et que je crois encore voir, sur
» le bord du petit ruisseau qui mouille leurs racines. Autour,
» fleuriront le lilas, les violettes. Là , plusieurs fois chaque
» année, je conduirai mes amis, et même celle qui alors sera
» ma compagne bien-aimée. Bientôt, leur dirai-je, l'un de
» nous sera étendu froid, insensible sous la terre. Puisque
» nous devons rester si peu de tems ensemble, loin de nous
» les inimitiés, les haînes. Que la mort seule puisse nous
» séparer..... Et nous renouvellerons alors le serment de
» rester toujours unis.

» Dans mon épitaphe, que je prendrai soin de composer
» moi-même, je peindrai naïvement mes défauts, et quel-
» ques bonnes qualités. Je veux que mes enfans, si j'ai le
» bonheur d'en avoir un jour, profitent de mes erreurs.
» Comme ce lieu leur sera cher, s'ils ont mes goûts, s'ils
» ont mon ame ! souvent ils baiseront après ma mort les
» arbres voisins : c'est sous leur écorce qu'aura filtré la ma-
» tière qui composait mon corps.....»

— Ainsi j'écrivais solitairement de mélancoliques idées.
La nuit devint si obscure, que je ne pouvais plus distinguer
les lignes que traçait ma plume. Je quittai le tombeau. Je
dis adieu aux morts dont les ombres planaient dans cette
vaste campagne. —Une barque m'attendait près du rivage :
elle me conduisit à la ville voisine.

FIN DES NOTES.

www.ingramcontent.com/pod-product-compliance
Lightning Source LLC
Chambersburg PA
CBHW071105260626
47162CB00006B/2219